Eugen Roth:
Der Weg übers Gebirg
Erzählung

Deutscher
Taschenbuch
Verlag

dtv

Von Eugen Roth
sind im Deutschen Taschenbuch Verlag erschienen:
Ernst und heiter (10)
Genau besehen (749)
So ist das Leben (908; auch als dtv großdruck 2529)
Eugen Roths Tierleben für jung und alt (1259)
Das Eugen Roth Buch (1592)

Ungekürzte Ausgabe
Juli 1981
Deutscher Taschenbuch Verlag GmbH & Co. KG,
München
Lizenzausgabe mit freundlicher Genehmigung des
Carl Hanser Verlags, München
Entnommen aus: ›Eugen Roth, Sämtliche Werke‹

Umschlaggestaltung: Celestino Piatti
Gesamtherstellung: C. H. Beck'sche Buchdruckerei,
Nördlingen
Printed in Germany · ISBN 3-423-02545-X

Geregnet hatte es, den ganzen Frühsommer lang, draußen in den Städten, im flachen Land; geregnet hatte es in den Bergen und weiter oben wohl geschneit, mitten im Juli. Auch im Klaffertal war es nicht anders gewesen. Der Nebel war kaum einmal gewichen, von Sonne herausgekämmt und zausendem Wind aus dem grünen, triefenden Haar der Lärchen und Zirben, der hellen, leichten Bäume und der schweren, zottigen dunklen. Kalt war es gewesen, an freudlos fröstelnden Abenden, in den regenblinden Nächten; und die mißmutigen Sennen überlegten sich schon, ob sie das Vieh nicht abtreiben sollten von den höheren Almen, die Kühe und Kalben, die stumpfen Blicks und mit verklebtem Fell herumstanden im nassen Gras und im sulzigen Schnee. Und nichts anderes dachten sich die Sommergäste, in den vornehmen Alpenhöfen oder in den bescheidenen, schlecht zugerüsteten Schutzhütten; ob sie nicht besser den Urlaub abbrächen, die Bummler, die sich in Liegestühlen rekeln wollten und braun werden in der Sonne, und die Bergsteiger, die den Hochklaffer belagerten oder das Große Zinnhorn, die sie doch kaum einmal sahen, die Riesen, eisgepanzert, weiß verschneit aus den Fetzen zerflatternder Flöre, einen flüchtigen Morgen lang glitzernd und drohend aufragen, oder nachts unter blassen, feuchten Sternen, im zaubrischen Gewirk der Wolkennetze, körperlos, selber wie Nebel leicht, schweigende, unnahbare Wohnung von Wassern und Winden.

Und wirklich zogen etwelche ab, nach drei, nach acht Tagen, aus den langweiligen, mageren Berghäusern, müde des Fliegenfangens, des Schmökerns in zerlesenen Zeitschriften, des Kartenspielens satt und des beiläufigen Geschwätzes, überdrüssig des hoffenden oder zornigen Trommelns auf das Wetterglas, des Herumstampfens vor der umstürmten Haustür oder der lahmen Versuche, in die milchige Trübnis emporzusteigen, wo sie königliche Flüge sich erträumt hatten, mächtige, glühende Bezwingungen des Steins und des Eises, glückliche Adlerblicke aus dem Horst goldner Gipfel.

Nun trabten sie verdrossen, kaltfeucht bis ins Herz, hinunter ins Klaffertal, an den blinden, grünrauchenden Seen vorbei, über die Elefantenrücken der Granitblöcke, die weißstürzenden Wasser entlang, ins modrige Zwielicht der dampfenden Wälder hinein. Und vielleicht, zum Hohne, schaute jetzt, eine dünne Scheibe Goldes, die Sonne durch den Dunst, leuchtete ein Eisbruch funkelnd, stand die schwarze Schulter, ja selbst das starre Haupt des Zinnhorns mächtig im Rauch der ziehenden Schwaden.

Aber der gleiche knallrote Postkraftwagen, der drunten im Dorf die Ergrimmten aufnahm, um sie das lange, grüntriefende Tal hinauszufahren an die Bahn, hatte einen ganzen Schwung neuer Gäste gebracht und vor dem Alpenhof ausgeladen, hoffnungsvolle und ungebrochene Menschen, die in dem aufgeregten Gewühl des Kommens und Gehens zornig nach ihren Koffern spähten, den trotteligen Hausknecht, der Trinkgelder und Grobheiten mit der gleichen Ruhe einsteckte, mit Fragen bestürmten und sich bei dem weißköpfigen Wirt, der eifrig begrüßte und verabschiedete, immer wieder nach Zimmern und den genauen Bedingungen des Aufenthalts erkundigten. Andere aber nahmen gleich, mit verzweifeltem Mut, die schweren Rucksäcke auf, schulterten die Pickel und liefen, in Mäntel und Zeltbahnen vermummt, hinauf ins triefende, lautlos verschlingende Nichts.

So war auch der Rechtsanwalt Doktor Wilhelm Bornkessel angekommen, am späten Nachmittag. Er hatte sein vorbestelltes Zimmer bezogen und vertrat sich nun, nachdem der Schwarm der Gäste sich verlaufen hatte, vor der Tür ein wenig die Füße.

Grün war das Tal, das Klaffertal; auch jetzt, ohne Sonne, unwahrscheinlich grün. Der Nebel war gestiegen. Er hing oben in den Felsen, zäh, schwer, unzerreißbar, nach unten abgeschnitten in einem graden Strich, wie mit dem Messer. In diesen dichten Vorhang hinein stießen die düstergrünen Wälder, stiegen die grünen, steilen Wiesen; aber es fielen daraus bleiche Ströme Schuttes und Schnees, stürzten die weißen, wildschleudernden Bäche, es hingen aus den Flören die Gesimse von Eis herunter, grau, ohne Licht, quellende Nester von Geklüft, an schwarze Felsen geklammert. Ein Schleier von Grün wob auch über deren Gestein. Schier friedlich sah sie aus, traurig freilich auch und frierend, die grüngraue, kalte Wildnis, den Tod mühelos verbergend in der rauschenden Stille. Und daß Menschen dort hinaufsteigen wollen, hinaufsteigen können, Fuß vor Fuß, emsig, ja, ameisenfleißig, das war nicht recht einzusehen jetzt, in dieser tropfend grünen, kalten Abendstunde. Und den Doktor schauerte es. Den Fuß krümmte es ihm im Schuh, und ein Frösteln verzog ihm die Schultern, wenn er sich's vor Augen stellte, welcher Gefahr sich weihte, wer da droben wandelte. Was lautlos da hing, klimperklein wie ein Strich Glasfluß, das waren mächtige Gletscherbrüche, unbezwingbar dem Kühnsten, der am Fuße der Türme und Zakken stand, am Kelche blanken Schrundes, blauen Rauschens voll und kalt knisternden Funkelns. Nacktes Eis war es, atmend zwischen den schwarzen Rippen des Felsens.

Und er, der Bergsteiger, der noch gar kein Bergsteiger war, vorerst, sondern ein sicherer Mann, in bequemen Schuhen auf der glatten Straße stehend, spürte jäh eine quellende Angst, als gelte es, jetzt gleich, den gewagten Griff zu tun, in die Flanke des Steins, den verwegenen Sprung über die Spalte, hochklopfenden Herzens. Und er wandte den Blick talaus, in die grüne, dämmerweiche Mulde der Wiesen, in das schwärzliche Wogen der hinuntersinkenden Wälder.

Morgen aber würde, so dachte er, mit neuem Atem sich füllend, morgen würde ein klarer Tag sein, ein blauer, ein fast schwarzer Himmel über dem blendend weißen Firn. Dann würde alles anders aussehen, dort droben und wohl auch hier drunten in der eignen Brust, die darauf brennt, den Berg anzugehen, ihn zu bezwingen, unbekannten Göttern zu opfern am rauchenden, urgrauen Stein, hoch droben, morgen, im lodernden Licht!

Langsam erkannte er nun auch die Gegend wieder. Zwanzig Jahre war es her, daß er sie durchwandert hatte, mit Sola zusammen, der blonden, hirschfüßigen. Wo mag sie jetzt sein? Vom Süden waren sie gekommen damals, vom Hochklaffer herab, übers Eis. Ja, dort oben, unter dem Bruch hin, muß der Weg gehen, dann, an dem graden Nebelstrich entlang, durch die Hohen Gänge und dort, auf der Kuppe, rechts über dem weiß schlenkernden Faden des Rinnsals, muß die Kolberger Hütte stehen. Aber nun, in der Dämmerung, ist sie nicht mehr zu erkennen. Fünfundvierzig Jahre ist er jetzt alt; und fünfundzwanzig war er damals, ein wilder Bergsteiger, den nicht leicht einer einholte, wenn er einmal die Füße über die Achsel nahm. Alpen-Expreß hatten sie ihn geheißen, der, die Pfeife qualmend, bergauf zog, oder später – und der Name war ihm geblieben – Latschennurmi, die Spötter, die keuchend hinterdrein liefen, die Kameraden von der Hochschule, mit denen er die Berge durchschweifte nach dem Krieg.

Nichts hatten sie damals in ihren Rucksäcken gehabt als ein Stück nassen Brotes, ein wenig Kunsthonig, eine saure Gurke, einen Rettich oder, wenn's hoch kam, eine Schwarte ranzigen Specks, wie ihn die reichen Vettern über See gnädig verkauften an die Hungrigen. Hätte es aber wirklich da und dort im Tal gut zu essen gegeben, dann fehlte den Wanderern das Geld. Und so war er seinerzeit auch hier mit Sola vorbeigeschlichen an dem vornehmen Alpenhof, in dem er jetzt wohnt, im besten Zimmer, als wäre das selbstverständlich.

Weit hat er es gebracht im Leben, wie man so sagt, aber vielleicht nicht weit, wenn man genauer zusieht. Glücklicher war er jedenfalls an jenem brausenden Sommertag gewesen, da er hier rastete mit Sola, dort vorn, er weiß es plötzlich, an dem Felsklotz, der am Bach in der Wiese liegt, und da sie hinaufschauten zum Hochklaffer, die weiße, steile Spitze im verzaubernden Spiel des Abendlichtes. Und droben waren sie doch gewesen, glühend noch von dem glühenden Tag. Müde, ausgebrannt, hatten sie nun nicht satt werden können von zärtlichem Blick und kindischen Scherzen – zwei so winzige Menschlein und ein so großer Berg! Immer wieder hatte er ihr, der Stolzen und Glücklichen, den unbegreiflichen Unterschied weisen müssen, mit Daumen und Zeigefinger ihre eigene Kleinheit und mit hochgeworfnem Arm die unwirkliche Ferne des Riesen, der langsam in stillem Leuchten verging.

Mit Sola war es dann doch nichts geworden, nichts fürs Leben, wer weiß warum. Und mit andern Frauen auch nichts, ungeachtet schöner und glückhafter Begegnungen. Ein Junggeselle war er geblieben; ein Hagestolz würde er werden, nicht gern, aber wie einer halt unversehens was wird im

Leben. Die Jahre läppern sich zusammen, die guten gehen dahin, und es kommen die besten, erstaunlich schnell.

Das war er jetzt, ein Mann in den besten Jahren, gesund soweit, einer, der jetzt noch einmal auf den Hochklaffer steigen wird. Wie ein Junger, würden die Leute sagen, aber das ist's ja, der traurig spottende Schattenvergleich, das kahle Lob, als wäre er noch der, der er gewesen – und ist's nicht mehr, unwiederbringlich. Und doch, zum Teufel, kein alter Mann! Auf den Hochklaffer wird er turnen und mehr noch, er wird den Übergang zum Zinnhorn machen, eine nicht ganz leichte Sache, gar für ihn, der den linken Arm nicht mehr recht gebrauchen kann, in dem noch, von Ypern her, die winzigen Splitter einer englischen Granate stecken.

Die Verwundung, dachte der Doktor, indem er zu einem Blumenbeet trat, hohem, stahlblauem Rittersporn, verwirrend kühnblau im grüngrünen Klaffertal, die Verwundung ist ja auch schuld daran, daß er in diesem Sommer 1940 nicht im Felde steht, daß er, nach einem halben Jahr, entlassen worden ist und den Krieg nicht vorne mitgemacht hat, diesen unbegreiflichen Krieg, der in wenigen Tagen die Franzosen überrennt, die tapferen des Weltkrieges, die blutlos und müd gewordenen, die Sicherheit sich vorgaukelten in ihren gemauerten

Gruben und spitzfindigen Fallen, in denen sie sich selber gefangen haben.

Sicherheit – das große Zauberwort, überlegte er, der Brücke zuwandelnd, unter der das Wasser quoll in mattem Glanze. Er war mit einem Male alt und müde, selber voller Sehnsucht nach süßem Frieden, der doch nicht erlaubt war, einem ganzen Geschlecht nicht erlaubt, das aufgerufen war, immer wieder, zu kämpfen, zu opfern, zu sterben. Schreckliches Schicksal einer Welt, die keinen Glauben mehr hatte als den an ein gutes Leben. Und er selber ist ja wohl auch nicht besser, er möchte auch nur seine Ruhe haben, in den paar guten Jahren, die er noch vor sich hat. Und wer weiß, wie lange der Krieg noch dauert und wie er hinausgeht, trotz dieser ersten, trügerischen Siege schlecht vermutlich ... und was danach kommt, wenn er alt ist und verbraucht ...

Wie aber, wenn es ihm bestimmt gewesen wäre, den Krieg mitzumachen, vorne? Und wer weiß, vielleicht, ja sicher sogar wurde er eines Tages wieder eingezogen, wenn Not am Mann war, wenn die Riesen erst aufstanden, hüben und drüben. Und dann galt es, zu erproben am eigenen Leib und an der eigenen Seele, wie es tue, noch einmal sich der Gefahr zu stellen, diesseits des gelebten, des voll ausgekosteten, süßen und bittern Lebens, so wie er damals, ein Neunzehnjähriger, sich gestellt hatte, weit vor dem Leben, das er nicht kannte, das herüberglühte durch einen Wald der Schlachten, der immer tiefer und verworrener sich um ihn schloß. Und das dann trübe kam, fiebernd, hungrig, sorgengrau. Aber was darf das schon heißen, solange einer jung ist! Wie würde es jetzt zu bestehen sein, mit fünfundvierzig Jahren, mit dem verdammten Gefühl in den Knochen, daß der Krug solang zum Brunnen geht, bis er bricht. Wasser genug geschöpft, dachte der Doktor, und lang keins mehr so süß und frisch wie in der Jugendzeit. Und damals meinte man noch, es müßte Wein kommen ...

Das grüne Klaffertal war inzwischen um einen Strich dunkler geworden. Aber es begann nun, von weißem Schneelicht erhellt, kalt zu glühen. Das Grün, wie von Baum und Gras geschmolzen, schwebte ungewiß im Raum. Für einen Augenblick, in einer Blöße von reinster Bläue, stand die Spitze des Hochklaffers klar im Glanz. Der Mann auf der Brücke sah ihn wie eine himmlische Erscheinung. Die Bergfahrt fiel ihm ein und der, mit dem er sie machen wollte, Franz Stauffer, sein Freund.

Der nun hatte den Krieg miterlebt, draußen in Polen zuerst und jetzt in Frankreich. In Rennes stand er zur Zeit, und vor vierzehn Tagen, anfangs August, hätte er Urlaub bekommen sollen, und dann wollten sie die langgeplante Bergfahrt machen, den Hochklaffer und das Zinnhorn. Aber es war nichts geworden aus dem Urlaub, vorerst. In acht Tagen, so war zu hoffen, würde er ihn kriegen, und es war vielleicht gut so, daß er hatte verschoben werden müssen; denn es hatte ja immer geregnet, und jetzt mußte doch endlich die alte, die verteufelte Rechnung aufgehen, daß auf Regen Sonnenschein folgt. Der späte Sommer würde schön werden, wolkenlose Tage mußten kommen, Tage aus Himmel, Eis und Stein, Tage in C-dur, Orgelbraus- und Trompetentage in den hohen, heißen Bergen.

Inzwischen wollte er, so dachte der Mann auf der Brücke und schaute in das wieder schwer verwobene Felsengrau hinauf, die Woche nützen und die Füße ein wenig rühren, ungeübt, wie er war, nach soviel Stubenhockerei und Großstadthetze. Denn immerhin, der andere, der Freund, der Hauptmann, hatte ihm einiges voraus. Durch ganz Polen und Frankreich war er geritten und marschiert. Braungebrannt und frisch würde er kommen. Da galt es, sich zu wappnen, wenn man nicht unversehens abgehängt sein wollte beim scharfen Anmarsch zur Kolberger Hütte.

Wilhelm Bornkessel genoß es, so ziellos in den Abend zu bummeln. Gestern noch, um die Abreise überhaupt möglich zu machen, hatte er wie ein Narr gearbeitet. Am Nachmittag war zu allem Überfluß noch die Beerdigung von Pernet dazwischengekommen; Staatsschauspieler Karlheinz Pernet, alter Schulkamerad, rasch gestorben, an einer Art Grippe, leicht gestorben, wenn man so sagen will, weggeschlichen aus einem so schweren, ungewissen Leben, das mit andern, schrecklicheren Prüfungen aufwarten kann jede Stunde, grausameren, als einem solchen Tod.

Jedenfalls, die Altersgenossen fingen an, in die Grube zu fahren. Es würde jetzt öfter solche Beerdigungen geben, bei denen man hinter dem Sarge ging und ein Stück eigenen Lebens mit hinuntergab. Man würde sich, so gesund man schien, mit dem Tod befreunden müssen, mit Weihrauch und Kerzen und mit der fauligen Süßigkeit des Moders. Und die Leichenträger, die eisgrauen, blaulippigen Männer, von denen es kalt wehte nach Grab und Verwesung, wer weiß, wann sie, gleichmütig wie immer, den Sarg aufnehmen werden, zu dessen Häupten die Tafel steht mit dem eigenen Namen, Bornkessel, Wilhelm, und den kahlen Ziffern des Alters, das man erreicht hat. Die andern, ohne ihn, aber für ihn, werden sich in Trab setzen unterm hellen Geläut des Glöckleins und werden unterm vorgehaltenen Zylinder ihre Männerscherze einander zuwispern, wie ers selber noch getan hatte gestern, als sie den Pernet zu Grabe geleitet hatten.

Der Doktor war nun, auf dem feuchten, steinigen Weg hintrödelnd, doch bis zu dem Felsblock gekommen, an dem er damals gewesen war mit Sola. Eine Bank war inzwischen dort errichtet worden; auf die setzte er sich nun und dachte der jungen Geliebten, die freilich auch nicht mehr jung war jetzt. Und wer weiß, wie es sein würde, wenn er ihr nochmal begegnete, mit einem müden »Weißt du noch?« und einem traurig lächelnden »Damals« ein Flämmchen anzublasen auf der alten Brandstätte wildlodernder Gluten. Zwanzig Jahre waren dahingegangen, und dann waren es noch einmal zwanzig, seit er den Pernet zum erstenmal gesehen, in der Schulbank, einen blassen, zärtlichen Buben, über den nun auch die Akten geschlossen waren, wie über so viele, mit denen er zusammen ein Kind gewesen und ein junger Mensch, gar nicht zu reden von den Älteren.

Er saß in der schwirrenden Dämmerung und spürte, wie das Leben Verfall war, unaufhaltsamer Verfall, in den blassen Schuttströmen da droben, in den Wellen des Baches hier, überall. Fünfundvierzig Jahre hatte er durchlebt und so viele davon voller Unheil und Blut und Tränen. Und doch hatte er sie durchlebt, fröhlich sogar, wenn er sichs nur zugestand. Wie durch einen Irrgarten war er gewandelt, voller Gefahren und Bedrohungen. Viele, viele hatte er stürzen sehen im Feuer, fortgespült werden im Geröll, versinken im Schlamm – und ihm selber war nichts zugestoßen. Was er gefürchtet hatte, oder gehofft, rasend schnell war es vorübergeglitten, schon vorbei, ehe er es recht begriffen. Und so würde auch der Tod kommen, wer weiß wo, wer weiß wann, aber jedenfalls rasch in dieser rasenden Zeit.

Nun, gar so rasend war wiederum die Zeit nicht, jetzt nicht, da er hier saß im Windschatten des ungeheuern Sturms, mitten im Krieg im grünen, nachtrauschenden Tal, bereit, den Hochklaffer zu besteigen, mit dem Freund zusammen, nächster Tage, mit dem Hauptmann, der aus dem Feld in Urlaub fahren würde, mir nichts, dir nichts, der zwei Welten vertauschen würde, ohne viel Aufhebens zu machen. Ein wunderliches Geschlecht sind wir, sagte sich der Sitzende. Der andere würde wieder hinausgehen, irgendwohin, wo seine Truppe lag, heut ein Bergsteiger, morgen ein Soldat, und dann vielleicht dreißig Jahre lang noch ein ruhiger Bürger, mitten im Umbruch der Welt. Denn der Doktor hatte es im Gefühl, daß jener siebzig

Jahre alt werden würde und älter, diesen Krieg überstehend wie den vorigen. Es war ja noch lange nicht ausgemacht für einen, der des Lebens Hälfte gewonnen hat und der nun den Tod in vielerlei Gestalten erwarten muß, ob die Tapferkeit gefährlicher sei als die Feigheit.

Dieser Pernet, der Schauspieler, war ein Feigling gewesen. Und jetzt war er tot. Er hatte sich als Zwanzigjähriger schon gedrückt, er hatte sich vergeblich geduckt und geängstigt, der Bühnenheld, der Lebensschwächling. Vergeblich, nicht umsonst freilich. Denn er hatte dieses Dasein mit Schmerzen bezahlen müssen wie jeder Sterbliche; nur die Münze war kleiner gewesen, und schäbig genug hatte er bezahlt, unter Seufzen und Feilschen. Den Heldentod war er nur auf den Brettern gestorben, der Drückeberger. Oft und oft hatte er's dargestellt, das verachtende Sterben, mit eisigen oder mit zornheißen, schicksalbeflügelten Worten kundgetan, daß das Leben der Güter höchstes nicht sei. Aber bei diesen Worten hatte er sich nicht nehmen lassen wollen, wenn es ihn selber anging. Schall und Rauch hatte er sie genannt, die Weltgeschichte wollte er nicht wahr haben auf seinem eigenen Rücken und die schreckliche Gerechtigkeit des Dichters, der die Rollen verteilt, die prunkenden und die undankbaren.

Noch immer hing, in der schwirrenden Verdüsterung, das Grün im Schleiergrau, ein losgelöstes, wie nicht mehr in Baum und Gras haftendes, ein schwimmendes, verwischtes Grün. Der nahe Bach zog schnell und leise; aber die Wasserstürze ringsum rauschten so laut, weißherschimmernd aus dem schweren Felsen. Die feuchte Dämmerung sah ihn an, wie ein Gesicht, von Tränen überströmt. Die Einsamkeit war da, die große Einsamkeit – gestern, im Trubel, noch ersehnt und jetzt schon so drückend, so grau greifend und ohne Zuflucht, sich vor ihr zu bergen. Er stand auf und griff an den Stein. Und auch der Stein war naß von dem Weinen, das in der Welt war. Überm Gewölk war jetzt der Mond zu ahnen, ein mattes, ungewisses Glänzen im grauen Geschiebe. Die Fichten standen schwarz. Aus dem reißenden Bach blinkte es auf, wie das Weiße eines rasch aufgeschlagenen, schnell verlöschenden Auges.

Nichts mehr von diesem Pernet, dachte der Wandler in der Nacht. Der ist dem Leben entwischt, er hat sein Grab, das keinem Lebendigen sicher ist heute, wo die Welt aus den Fugen ist. Er selber aber, er lebte noch. Und er dehnte sich, damit er die Wärme des Gewandes spüre. Und Franz lebte noch, und in acht Tagen, früher vielleicht, würde er hier sein. Mitte vierzig, ein schönes Alter, nicht? Schaut's einer gut an, denkt er ans Hochzeitsbett, schaut's einer schlecht an, denkt er ans Grab. Ein Mädchen, nicht viel älter, als Sola damals war, konnte er heiraten, die Zeit zurückzwingen um ein Menschenalter. Erwachsene Kinder würden noch an seinem Grab stehen, wenn er stürbe, mit siebzig. Sein Vater ging schon auf die achtzig zu und war lebensfroher als ein Junger. Aber so alt wollte er, Wilhelm Bornkessel, gar nicht werden – oder am Ende doch, so nach und nach? Hatte ihm nicht als Zwanzigjährigen geschienen, mit fünfzig sei einer ein steinalter Mann, höchste Zeit, in die Grube zu fahren, nach einer so schier endlosen Zeit? Ja, was finge einer mit soviel Zeit an? Und jetzt schossen ihm die Jahre zusammen zu einem schmalen Spalt Licht, kaum breit genug, um einen vollen Blick zu tun in dieses verwirrend bunte Leben. Ließ er nicht jetzt schon mit sich handeln, wollte er nicht sechzig werden zum mindesten, um nur das Nötigste zu ordnen?

So wird sich jeder weiterlügen, und der Tod wird auch dem zu früh kommen, der weiß, daß er vom Leben nichts mehr zu erwarten hat. Und wahrlich, was sollte sich einer noch erhoffen dürfen? Blieb nicht ein bedrohter Rest, in dem nur alles noch zu befürchten war? Blieben nicht bloß Prüfungen, schwere vermutlich, die bestanden sein wollten? War nicht der Grund, darüber man ging, von Gefahren schwankend? Gesundheit, Wohlstand, Freundschaft, Weltvertrauen – was durfte auf die letzte Probe gestellt werden?

Das flimmernde Grün, das schimmernde Weiß waren verschwunden. Kaum, daß noch der Weg matt aufglänzte. Keine Antwort war auf alle Fragen. Wie auf Hörnern geblasen, langtraurigen Tons, zog die Stille schwermütig über sein Herz. Da graute ihm im brauenden Nebel, da gingen golden die Lichter auf im Haus. Erschauernd schritt er den hellen Fenstern entgegen.

Der nächste Tag war keiner geworden, wie ihn der Doktor erhofft hatte, sondern ein kaltzorniger, der in Stößen weinte, ein ungeduldiger, der aufs Blechdach trommelte, ein boshafter, der den Dampf wild herumtrieb in dem mächtigen, graugrünen Kessel des Klaffertals.

Auch gut, gab sich der Gast zufrieden. Er würde ihn schon hinzubringen wissen, den Tag, einen ersten Faulenzertag nach all der Unrast der letzten Zeit. Er trank, spät aufgestanden, gemächlich seinen Tee und las die Zeitung. Dann streunte er durchs Haus.

Wunderlich, wie langsam so ein Vormittag verging und wie rasch die Möglichkeiten erschöpft

waren, sich zu zerstreuen. Die so ersehnte Muße,
nun, da sie aufgezwungen war, wollte sie nicht
schmecken. Es war, wenn er sich's nur eingestehen
wollte, langweilig, so durchs Haus zu streichen. Es
war ja auch alles so verwahrlost, das Billard zersto-
ßen, die Kegelbahn ohne Kugeln, das Schach ohne
König, die Zeitschriften schmutzig und zerlesen,
die Spiele zerstreut und zerrissen. Er ging dahin
und dorthin. Der Speisesaal war kalt und verlassen,
die Lüster aus vergoldeten Baumwurzeln, die bir-
kengerahmten, falschderben Sprüche in Brandma-
lerei waren scheußlich. Er brachte, heute wenig-
stens, den Humor nicht auf, dergleichen Fremden-
fängereien lustig zu finden.

Er schaute sich die Gäste an. Gern hätte er ge-
wußt, wohin denn die wirklich netten und auch
dem Auge erfreulichen Menschen im Sommer rei-
sen. Aber es mußte wohl ein Geheimnis sein, das
er nie ergründen würde. Trotzdem war er, nach
einem mageren und freudlosen Mittagessen, bereit,
das Geschwätz der Weiber milder zu beurteilen, ja,
sogar mit den kreuzbraven Kartenspielern sich an-
zubiedern, die überall in verdrossenen Gruppen
herumsaßen, als er unvermutet das Lesezimmer
entdeckte, einen Zwitter von Gebirglerstube und
Plüschsalon, darinnen zwischen bunten Öldruk-
ken, Jägers Liebeslust und Überraschung des

Wilderers darstellend, ein vielverheißendes Wandschränkchen voller Bücher sich auftat, dergestalt, daß selbst bei mißtrauischer Schätzung wenigstens *ein* lesbares darunter sein mußte. Endlich würde er nun lesen können, wie seit Knabentagen nicht mehr, schwelgend in Zeit, bis über die Ohren vertieft in Spannung und Abenteuer.

Aber wie er nun Band um Band aufschlug und wieder weglegte, wuchs seine Enttäuschung, denn hier hatte sich ein Lesestoff angesammelt, der schlechterdings vom Teufel nicht übler hätte zusammengetragen werden können. Einiges, was vor zwanzig, dreißig Jahren hochberühmt gewesen, was auch ihm einmal gefallen hatte, las er wieder an, in der leisen Hoffnung, das Glück der Jugend könnte wieder mächtig aus diesen Seiten sprechen. Aber traurig ließ er alsbald davon ab. Welkes und plattes Zeug, schlecht geschrieben, nicht der Mühe wert, selbst einen so verlorenen Tag daran zu verschwenden. War sein Anspruch so gestiegen? War, vor zwanzig Jahren, sein und der Welt Urteil so falsch gewesen? Hatte diese Welt sich so gehärtet, daß nichts mehr vor ihr bestand? Er wußte es nicht zu sagen. Und als nun doch in dem Wust ein paar seiner Lieblingsbücher auftauchten, schob er sie wieder beiseite, in der Furcht, Götter stürzen zu müssen, die er gerne unangetastet behalten wollte in seinem Herzen.

Laß sie stürzen, dachte er darauf gleich, bitter geworden. Was fallen will, soll man noch stoßen, Vergänglichkeit die ganze Erde und Totengräberei noch unser frömmstes Handwerk; der frische Lorbeer von gestern raschelt welk, noch ehe die Schläfe bleicht. Was bestehen soll, muß den Elementen verschworen sein, dem Wasser, das feucht und grün erhält, oder dem Feuer, das einschmilzt und läutert. Aber dies alles ist ja nur dürr ohne Flamme, und wenn es feucht war, war's schlüpfrig und voll Moder. Umfängliche Romane kamen ihm unter die Hände, mühseligen Fleißes hart den Jahren abgerungen und doch hundertfach aufgewogen von acht Zeilen Mörike, acht grünen, blühenden, duftenden Zeilen; was ist Menschenwerk, was Verdienst und Gnade – trüber Tag, trübe Welt, trübe Gedanken ...

Schließlich blätterte er in einigen alten Jahrgängen der Alpenvereinszeitschrift und stieß auf einen längeren Bericht über den Tod in den Bergen, Unfälle in Fels und Eis. Das beschloß er zu lesen.

Er hatte noch nicht recht begonnen, da fiel Licht auf die Seiten, er schaute hinaus, Sonne blitzte durch die Fenster, das Wetter klarte auf. Er trug unverzüglich das Buch auf sein Zimmer.

Nichts jetzt, lachte er, die Nagelschuhe schnürend, vom Tod in den Bergen. Fröhlich trat er vors Haus.

Schwalben saßen auf den Drähten, die, noch regennaß, glänzten wie Harfensaiten. Höher ging der Blick, die Nebeldecke hatte sich gehoben, ein breiter Streifen neuen Schnees, glitzernd weiß im Grauen, war locker über Fels und Firn gestreut. Das nasse Grün, angefunkelt von der Sonne, dieses mächtige Grün stieg empor, aus nahen Büschen und Gräsern in die Halden, in die Wälder, die stürmischen, schwarzgrünen Fichtenwälder hinauf, droben stand es feurig in den saftigen Matten, zuletzt verlor es sich, hingehaucht über das schädelnackte Gestein. Dünne Fäden der hundert Rinnsale und Wässerlein fielen leichter als Frauenhaar, silbernes, goldenes Haar, über die schwarzen Mäntel der Felsen. Nasse Flecken erglühten im Panzer des Berges, Licht stürzte aus geballten, wieder zerreißenden, himmelfahrenden Wolken. Klirrendes Glas gleißte in den schwarzen Wänden.

Grau und trüb war das Wasser, dem er entlang stieg, weiß nur droben im donnernden, langpeitschenden Sturz, Lattich und Nieswurz wuchs, Blätter wie Elefantenohren, naß, unterm Sprühregen schlappend, grün oben und unten silberbehaart, zorniges Gewirr von halbverschwemmten, im Schutt verstemmten Fichten, Steine, silberne, grüne, schwarze und weiße Köpfe und Blöcke, im wilden Geschiebe sich werfend und sperrend. Die hohen grünen Flammen der Nesseln, düster brannten sie im Rauch der Flut, Disteln, vielköpfige, mannshoch, rotgeschopft, stiegen auf, der wilde korallenrote Holunder hing herein, zierlich stand der rote Weiderich und duckte sich in den spritzenden Schlägen des Wassers.

So war es am Fuß der Schlucht, im Lärm, in den Regenbogenfächern des Sturzes, aber der Wanderer stieg höher, durch die perlenschüttelnden, gelbblinkenden Stauden des Kreuzkrautes, durch patschende Sumpflöcher, über schwankende Schollen und Schüppel Grases, bis die Bergflanke wieder erreicht war und die Brüstung, von der sich der Gießbach stürzte, wild hinaus warf, greifend, schleudernd, glasklirrend, bewegt und starr zugleich.

Hier oben rauchte der Nebel noch, über dem schwarzen und grünen Moor, Basaltrücken hoben sich, dickhäutig, graugrün von Flechten. Blonde und braune Pferde tauchten unvermutet im Dunst auf und witterten mit weichen Nüstern. Ihre großen, traurigen Sternaugen ruhten eine Weile im schmalen Blick des Menschen und wandten sich ab, unbegreiflich fremden Welten zu, als hätte sein

Blick nicht bestanden vor ihrer Unschuld, die einsam war wie der Tod.

Vielleicht wußten die Rosse hier ein Geheimnis, uralt, von jenseits aller Menschen, bewahrt im ewigen Gleichmaß dieser Landschaft, der grünen, feuchtriechenden, ständig verwesenden, unverweslichen Schöpfung vom ersten Tage. Keine Sonne war jetzt, aber viel Licht, kaltes, weißes Licht aus den fließenden Flören, schweres, greifbar flutendes Licht, gurgelnden Schwalls, rauschend, durch die Wolken getrieben, heruntergeschüttet, das Grün sog sich voll davon, nasses, schwappendes Licht war das. Und die Pferde wateten darin, leise zogen sie davon.

Noch ein letzter steiler Wall, dann war der Steiger droben, in der Mulde, weithin erstreckte sich der Weidegrund, von Rampen Zwerggebüschs eingefaßt, in abgetretenen Grasstufen zu Söllern und Kanzeln vorspringend, in sanften Trögen bis an die Klippen des Eises hingetragen, wo aus morschen, schwarzschuppigen Schneefeldern das trübe, milchige Schmelzwasser floß, aus den geheimen Quellen, weit unter den mürben, zerfressenen Brücken aus den kalten Gewölben, den ewigen Brunnenstuben der Gletscher.

Weit und grün schwangen die Flächen von Alm zu Alm, oder sie brachen auch jäh ab an nassen

Steinwänden, wassergeschwärzten, die hinunterfielen, bis in die Wälder, bis in die grüne, die grasgrüne, feuchtgrüne Talsohle mit dem Geäder der Sumpfbäche, der graugrünen Verfilzung des Erlengehölzes, dem winzigen Spiel der rauschenden Hütten und der weidenden Rinder.

Hütte und Rinder waren aber auch hier oben, jenseits des Baches, der weiß und grün in steinernen Wannen schäumte, in Schneckengängen den blankgewetzten Fels bespülte, aus sprudelnden Bechern stieg und von Rampe zu Rampe hinunterfiel. Ein Zaubergarten köstlicher Blumen war um das stäubende Wasser her, Hahnenfuß und Himmelsschlüssel, Vergißmeinnicht, so blau, so zärtlich blau, wie nie und nimmer im Tal, Blüten eines späten, eines kurzen und doch zugleich eines ewig scheinenden Sommers, einer alterslosen Jugend, kühl und keusch, heilig nüchtern, vom Eise genährt und von der Sonne, einer reinen und starken Sonne, die noch nicht hinabgestiegen war zu den Menschen.

Der Wanderer spürte, wie ihm das Herz blühend heraufstieg aus der Brust, das begrabene Herz, das nie mehr sich zu entfalten wagte zu reiner Schwärmerei; denn ein schweres Leben hatte das Gefühl verborgen in spottender Scham, und auch jetzt war schon wieder das traurig fragende, glückscheuende Lächeln um des Mannes Lippen, aus Angst, es quölle die Macht des Gemütes über ihn. Und wirklich traten Tränen in seine Augen.

Kniend bog er sich in Blumen und Gras, als dürfe er noch einmal neue Blüten flechten in den verdorrenden Kranz seines Lebens. Alt geworden, dachte er, klug unter den Menschen, Meister des Verschweigens, Held der Härte, müde vom Wachen, ohne Gott und ohne Mütter, heimatlos, schamlos und scheu, verzweifelnd an Himmel und Erde und dennoch ausharrend in tiefer Treue. Ja, hier, im Gefilde reiner, ach so lang schon vertriebener Götter durfte er sich bekennen in seiner Not, dieser übertünchten Not des Mannes. Hier war alles unverstellt, wie sollte er hier sein Herz verbergen müssen, horchend und weinend an den Brüsten der Natur, den großen Gesetzen gehorsam. Nahe war der Tod, kalt blies er ihn an vom Eise her. Aber furchtlos war das Leben, blühend in der Gnade klarer Farben, holden Zaubers mächtig, der Unsterblichkeit gewiß über den Grüften. Menschenherz, unruhige, düstere Flamme, läutre dich hier zum Licht!

Er stand auf, nassen Augs, selig, als hätte er Stimmen vernommen, als hätte er eine Weihe empfangen und gültigen Zuspruch, als sei es leichter von nun an und würdiger, zu leben und zu sterben.

Der Nebel riß da und dorten. Nah und schwer, in Dämpfe gehüllt, stand das Zinnhorn, aber um den Hochklaffer fuhr das Greisenhaar windgetriebenen neuen Schnees. Alle Wolken begannen zu bluten, Röte zog über die Schneefelder herab, ein rotes und silberblaues Licht schwamm im hohen Himmel. Drunten die Wiesen, von einer Sonne getroffen, die zwischen den Schultern der Felsen stand, glänzten in grüngoldenem Feuer.

Chöre seliger Geister, in zartbunten Schleiern wallend, stiegen herauf mit lieblichem Gesang. Dämonen stürzten hinunter, schädelfahl, knochenbleich, schwarzpolternd. Wasser weinte hinab in die Nacht der Schluchten und Schatten. Und wie Wasser wuchs jetzt auch die Finsternis aus dem Tal herauf. Dann aber, in den Zelten und Feuern, die ringsum wehten und brannten im Fels und im Eise, rauschte gewaltig die Stille. Wie Rauch schlug es noch einmal empor, das Gold verschlüpfte wie Schlangen ins Grüne und Graue, und allein, im rosigen, kälter scheinenden Silberlicht ausgesparten Himmels, stand der Abendstern.

Der Wandernde, sein Geheimnis bergend in dem Schauern seiner Brust, wandte sich talab. Wild lief er, folgend eines ungewissen Weges bleich schwimmender Spur, wasserentlang, waldhinunter. Heiß und hungrig kam er, bei völliger Finsternis, im hellen Hause an.

Auf seinem Tischchen neben dem Teller fand der Zurückgekehrte zwei Briefe, die ihm hierher nachgeschickt worden waren. Der eine war von seiner Kanzlei, der andre, Feldpost, von Franz Stauffer, dem Hauptmann, dem Freunde. Einen Augenblick wog er das verschlossene Schreiben in der Hand, dem Gefühl nachforschend, ob gute oder schlimme Nachricht ihn erwarten würde. Gute! riet er und brach den Brief auf. Aber die ersten Worte, die er las, hießen: »... leider nicht kommen ...« und bestürzt hielt er inne. Das Mädchen brachte die Suppe, er aß sie geistesabwesend. Mit jedem Löffel, den er zum Munde führte, schlang er es in sich hinein ... »leider nicht kommen« ... und hatte es doch nicht begriffen mit dem Herzen, als er nun starr vor dem leeren Teller saß.

Er überflog die übrigen Zeilen: daß an einen Urlaub auch jetzt nicht zu denken sei, da der verdammte Papierkrieg erst angehe; und daß wieder einmal die Feder verderbe, was das Schwert gewonnen habe, nämlich den Anspruch auf vierzehn Tage im Gebirge. Ob er die Bergfahrt nicht lieber allein machen wolle, wenn er nun doch schon darauf gerüstet sei? Was ihn selbst angehe, so müsse er sich eben damit trösten, daß er von einem Fünfundsiebziger gelesen habe, der noch auf dem Hochklaffer gewesen sei. So könne er also sogar nach dem Dreißigjährigen Kriege noch hoffen, den ersehnten Berg besteigen zu dürfen.

Je nun, dachte der Lesende, ein matter Scherz, der fühlen ließ, wie bitter dem Freunde der Verzicht wurde. Ob er am Ende selber auch dem Berg entsagen sollte, ihn gewissermaßen dem andern aufopfern? Aber wie er den Franz kannte, würde der das nicht annehmen. Jeder habe sein eigenes Schicksal, würde er schelten, wo kämen wir hin, wenn wir bei vollen Schüsseln hungern sollten, nur weil der andre grad nichts zu beißen habe? Als ob dann nicht in vier Jahren Weltkrieg keiner eine frohe und fette Stunde hätte haben können, bloß weil inzwischen die andern im Feuer standen? So hatte er oft gesagt und so würde er wieder sagen – also würde er, Wilhelm Bornkessel, allein auf den Hochklaffer steigen, in drei, vier Tagen vielleicht, und dem Freunde wollte er, vorher schon, ein paar Lichtbilder schicken, damit er wenigstens im Geiste mit dabei sein könnte.

Er öffnete nun auch den zweiten Brief. Und siehe da, der paßte zu der ersten Hiobsbotschaft wie vom Teufel bestellt: auch sein eigener Urlaub war hinfällig geworden, ein wichtiger Stichtag hatte sich nicht verschieben lassen, am ersten August mußte er in Leipzig sein, um dort eine Verhandlung zu führen. Die fremde, hier schon völlig verschollene Welt bürgerlicher Geschäftigkeit schlug häßlich herein. Nirgends, auch im grünen, einsamen Klaffertal, würde man vor ihr sicher sein. Der Anwalt überlegte ärgerlich, daß ihm bei äußerster Zeitausnutzung noch vierthalb Tage zu Gebote standen und daß er, wenn er nicht den Hochklaffer fahren lassen wollte, morgen aufbrechen mußte. Er beschloß, das zu tun. Er trat vor das Haus, es war bitter kalt, der Himmel war weiß von Sternen. Geheimnisvoll, aus dem ungeheuren Becher des Tales, brausten die Wasser. Es würde wohl ein klarer Tag werden.

Er ging zurück, traf den Wirt und verlangte, mit der unerfreulichen Wendung seines Geschicks die vorzeitige Abreise entschuldigend, seine Rechnung. Der Wirt, der einen Jagdgast erwartete, war froh um das freiwerdende Zimmer. Als er aber hörte, der Herr wolle über die Klafferscharte gehen, verzog er sein Gesicht und kratzte sich bedenklich hinter den Ohren. Viel Neuschnee würde liegen, meinte er, denn lang sei es schlechtes Wetter gewesen, und kaum dürfe man damit rechnen, einen frisch gespurten Weg zu finden.

In der Tag wurde Bornkessel bedrückt und unschlüssig, zumal er bei einem zweiten Gang vor die Haustür den Himmel bedeckt fand und einen weichen, warmen Wind spürte, der für den nächsten Tag nichts Gutes verhieß.

Mit einem Fluch auf seine eigene Wankelmütigkeit ging er in sein Zimmer und packte seine Koffer. Die wollte er auf jeden Fall mit dem Postwagen talaus senden. Über die Scharte würde er schließlich doch kommen, er konnte dann immer noch zu Tal steigen und andern Tags über den Sulzbachboden bis zur Bahn herauslaufen. Allzu früh brauchte er sich morgen nicht auf den Weg zu machen, er konnte also abwarten, wie das Wetter sein würde. Mit besonderer Sorgfalt rüstete er noch seinen Rucksack, dann legte er sich zu Bett.

Da lag noch das Buch auf dem Nachtkästchen! Der Tod in den Bergen – verwünscht, das war ein Lesestoff für einen, der ausziehen wollte, bei hohem Neuschnee den Hochklaffer anzugehen. Er griff nach dem Band und legte ihn wieder fort: Was scherten ihn jetzt die ausgebrochenen Mauerhaken, die gerissenen Seile, die Schneestürme, Steinschläge und durchgetretenen Wächten? Schlafen sollte er lieber, um morgen frisch zu sein und bereit zu mutigen Entschlüssen. Er löschte das Licht und machte die Augen zu. Aber sogleich fielen Gedanken und wache Träume über ihn her.

Franz also kam nicht. Allein mußte er die Bergfahrt antreten. Wieder einmal allein, wie so oft im Leben. War er nicht immer allein? All die Jahre her, diese traurigen und gefährlichen Jahre. Sola hätte er heiraten sollen, Söhne könnte er haben, der älteste hätte schon mitgehen können, morgen, über die Klafferscharte. Er verwarf den Gedanken, neue Bilder schoben sich drüber her: Die Bergfahrt mit dem Freunde – ach, und nun kam er nicht! – auf den Großlitzner, vor fünf Jahren, die unvergeßliche. War das Angst gewesen, dieses fröstelnde Gefühl, im eiskalten Morgenfeuer der Gipfel, als sie die Kletterschuhe banden und das Seil knoteten, am Fuß des wuchtigen Turmes? Still! Diesmal würde es ein Kinderspiel sein gegen Litzner und Seehorn, schlafe!

Warum trat ihm jetzt, gerade jetzt, die heikle Stelle beim Abstieg immer wieder vor die Seele: aus der Wand heraus, ja, zum Teufel wie? Es ist ja kein Griff im Stein, die in den Mauerriß gezwängte Faust ist der einzige Halt, es geht nicht, ich stürze – ab! Es warf ihn im Bette, er mußte schon gedämmert haben, nun machte er Licht: Das Buch war auf den Boden gefallen! Er drehte sich wieder um und versuchte, seinen Gedanken zu befehlen. Morgen würde er übers Eis gehen, ein Spazierweg war es nur, an dem gemessen, was er schon gewagt hatte. Was durfte der Tod da kommen und ihm graben im Herzen? Hatte er Angst vor der Klafferscharte, über die Hunderte gingen, Jahr um Jahr? Er schloß die Augen: da saß der Klapperknochige, der Schädelnackte, frierend saß er auf dem Felsen, wartend, in der heißen Sonne, überm blendenden Schnee, unterm tiefblauen Himmel. Schreckliches, dummes Gespenst – fort, fort! Ich fürchte dich nicht! Da hockte es ihm auf dem Rücken, durch die Rippen griff es hinein, griff nach seinem Herzen; drückte, drückte zu, bis er röchelte. Der Schläfer fuhr auf, sein Kopf war vom Kissen geglitten, er lag zu tief, er rückte sich zurecht.

Er begann zu zählen, das mochte helfen. Eins, zwei, drei, vier, fünf, sechs, sieben – sieben Tote waren es gewesen damals in der Schüsselkarwand, warum fielen sie ihm jetzt ein? Er sah die grau schwirrenden sonnenheißen Plattenschüsse, sah die schattenfeuchte Schlucht über der Rampe; ein riesiger Totenschädel war es, und aus der Augenhöhle dieses Totenkopfes seilten rufende, rasche Männer die Abgestürzten heraus. Eine braune, in Sackleinen vernähte Gestalt begann herabzuschweben, wie eine Schmetterlingspuppe am Seidenfaden; leise und dumpf schlug sie am Felsen an, rollte, hing frei in der Luft, kam herabgeglitten, schleifte groß im Geröll des Kares, wurde hingelegt, ein Mumienbündel, zu andern, die schon dalagen bei abgehackten jungen Fichtenstämmchen, nur die Wipfel waren geblieben, breitästig, grün. Von oben her, von weit oben, schauerlich klein, tänzelte an der Schnur die nächste Leiche, die siebente, wie die Männer einander zuriefen, die letzte, eine Frau. Denn sechs Männer und eine Frau hatten den Tod dort oben gefunden. Niemand vermochte zu erklären, wie es möglich war ...

Der Schläfer wehrte sich nicht mehr gegen das schreckliche Bild. Im Gegenteil, mit Begierde löste er's aus der Finsternis des halben Erinnerns; wie die Männer nun die Seile einzogen, die unbegreiflich vielen und langen Seile, und wie sie selber an dem letzten herabgeturnt kamen aus der lotrechten Wand. Die Toten aber, Mönche in groben braunen Gugeln – häßliche, dunkelfeuchte Flecken hatte der Rupfen –, wurden an die Fichten gebunden. Hockend saßen sie im Geröll, Pilger, den grüßenden Stab im Arm, geheimnisvoll gerüstet zur letzten Reise, in Kutten gehüllt, wie Totenköpfe zeichnete es sich ab unter der Kapuze. Friedlich, vertraut saßen sie unter den Männern, die rasteten nach schwerer Arbeit, an die sie ihr Leben gesetzt hatten.

Denn tagelang waren sie geklettert durch die steilstürzenden Felsmauern, bis einer sie gefunden hatte, unvermutet, im Rinnsal der Schlucht. Ja, die Männer redeten jetzt und rauchten. Sie packten auch ihre Rucksäcke aus und schnitten große Keile Brotes ab und boten einander von Speck und Wurst. Hungrig waren sie geworden, die Lebendigen. Und die Toten saßen still und traurig dazwischen, keiner irdischen Speise mehr bedürfend, aber wie gierig lauschend auf menschliche Rede und Antwort. Keine Totenklage, wahrlich, sondern kühnes, männliches Wort und klare Anweisung, wie das Werk nun zu Ende zu bringen sei: die schwere gefährliche Bergung der Opfer.

Durch die sonnenglühenden Kare ging es hinunter dann. Zwei, drei Männer schleiften eine Last, die Wipfel wirbelten im Geröll nach. Und rasteten wieder, heiß und atemlos, an einer Steilstufe. Wieder saß er nickend, der tote Pilger an seinem Stab; auf einmal, in der Verwandlung des Traumes, war es Franz, der Freund, der doch gar nicht dabei war damals. Er war es aber doch, und er fragte, ob es ein Leben gebe nach dem Tode. Das hatten sie sich ja auch oft gefragt bei ihren Wanderungen, den Fluß hinab oder wo es auch war. Und nun erschrak er, Wilhelm Bornkessel, zutiefst über diese Frage; denn es war ja ein Gestorbener, der sie tat. Im halben Schlaf sich herumwerfend, wollte er sagen, das müsse doch er, der Tote, müsse das wissen. Aber jener war wieder einer von den sieben, ein fremder Mann, und schüttelte traurig den Kopf.

Endlich kam der tiefe Schlaf: In grüne Wälder hinunter, in rauschende Tannen, in die Finsternis schwankte der Totenzug. Hoch droben glühten die Zinnen der Felsen im Abendlicht, goldrot, weißgolden, eisblau. Ganz schwer war unten die Finsternis. Dann standen schwarz am Sträßlein die Leichenwagen: schwarz die Rappen, schwarz die Menschen. Es brauste, Fackeln loderten, die Glokken läuteten.

Die Glocken läuteten, eine Morgenglocke nur. Der Schläfer erwachte halb, der Morgen sah blaß herein, das Frühglöckchen klang vom Dorf herauf. Er ging ans Fenster und sah hinaus. Bläulich und rosenfarben, falterleicht, wippte der Tag auf dem frischen Schnee. Das Tal lag noch graurauchend und finstergrün. Ein großer, goldner Tropfen, hing der Morgenstern. Dann glänzte, lichtgetroffen, der erste Gipfel. Wilhelm Bornkessel bezwang ein Frösteln, das aus dem Schatten seiner Träume kam. Der Himmel hatte entschieden, der Tag war da, der Trompetenstoß: Auf! Und vorwärts über die Klafferscharte!

Viel zu zeitig war er eigentlich aufgestanden.

Jetzt vertrödelte er mit umständlicher Sorgfalt den frühen Morgen. Weiter als bis zur Hallerhütte kam er ja heute doch nicht, am Fuß des Hochklaffers war ihm für diesen Tagesmarsch das Ziel gesetzt. Je später er aber aufbrach, desto eher konnte er damit rechnen, daß vor ihm einer die Spur bahnte, ein Einheimischer, ein Führer, ein junger Draufgänger, wie er selber einmal einer gewesen war; aber jetzt mußte er's vielleicht doch dulden, daß ein jüngerer, stärkerer Steiger an ihm vorbeizog, mit einem bißchen Hohn im freundlichen: »Bergheil!«, wie ja auch der Kraftfahrer spöttisch-liebenswürdig winkt, wenn er überholt, bergauf, mit der stärkeren Maschine.

Kurzum, es eilte ihm nicht, über den Firn, den weichen, mußte er ohnehin um die Mittagsstunde, das war nicht zu vermeiden. Vielleicht hatte sich später sogar der Neuschnee etwas gesetzt. Allerhand Gründe wußte er sich zu sagen, die für ein wenig Zuwarten sprachen – nur, um sich den einen Grund zu verschweigen: daß es ihm unbehaglich war, allein sich auf den Weg zu machen. Als er endlich aus dem Hause trat, fuhr gerade der rote Postwagen heran. Um so besser, konnte er sich doch nun selber überzeugen, daß seine Koffer richtig verladen wurden; es ist immer ein freundliches Gefühl, wenn man seine Sachen unter dem vielen Gepäck erkennt und weiß, daß jetzt alles seine Ordnung haben wird.

Vielleicht waren auch Briefe gekommen, und er fragte danach. Aber es war nichts für ihn in dem Postsack, nur die Zeitung, die er sich hierher nachbestellt hatte. Er warf, im Stehen, die schwere Traglast neben sich auf die Hausbank, einen flüchtigen Blick auf die Schlagzeilen der ersten Seite und steckte das Blatt in die Außentasche des Rucksacks. Noch schaute er zögernd um sich, ob denn keiner der neuen Fahrgäste sich zum sofortigen Abmarsch rüsten wollte. Da es aber nicht den Anschein hatte, schwang er seinen Sack auf den Rükken, ließ noch einmal das Auge grüßend und abschiednehmend umherschweifen und ging dann entschlossen taleinwärts, in den leuchtenden, mächtigen Tag.

Mit wenigen Schritten war er zu dem Stein gekommen, an dem er vorgestern abend gesessen war auf der Bank, allein; und vor zwanzig Jahren, mit Sola. Wie ein Markstein seines Lebens schien ihm jetzt der Felsenklotz, das kühne Land seiner Jugend betrat er nun wieder, da er hier vorbeizog. Er streifte den Granit, den kalten, morgenfeuchten, mit der Hand, er legte die Wange daran, geschloßnen Auges. Komm mit, Sola, flüsterte er, schöne, hirschfüßige Sola, o du, meine Jugend, komm mit, einmal noch geh mit mir durch das grüne Klaffertal; und du, Franz, komm mit, alter Freund, daß wir's einander beweisen, droben in Fels und Firn, daß wir noch rechte Kerle sind, diesem Leben zum Trotz, das uns nichts erspart hat. Aber niemand kam mit, nicht Frau, nicht Freund, er löste Wange und Hand vom Stein und ging allein seines Wegs, mit schnellen, mit vielen schnellen kleinen Schritten, wie er's gewohnt war; weithin, mäßig steigend, zog das steinige Sträßlein über die Grasböden dem Talschluß zu.

Grün war das Klaffertal gewesen in den grauen Regentagen, nur grün. Jetzt aber war hoch über Wiesen und Wäldern das weiße, das blendgrelle, oder schattenblaue, das rötlichgoldne, Zelt an Zelt leichthin gespannte Lager der Gipfel, im neuen, im flaumenschwebenden Schnee, breitflächig, unterm lichtblauen, warm atmenden, glanzruhenden Himmel, im wachsenden Strahl der Sonne. So klar, so rein war die Luft, daß jedes Kraut am Weg, der Baum, jeder Felsgrat überdeutlich erschien, wie durch scharfe Gläser angeschaut. Das Zinnhorn stand, leicht bestäubt, im windlosen Schweigen, wie gewichtlos, das Gewölk um das Felsenhaupt schien nicht schwebender als Fels und Eis. Grün war das Tal, funkelnd grün, in wohliger Wärme gedehnt, duftend, unerschrocken aufblühend wie der einzige Riesenkelch einer ungeheuern Blume.

Aber in alles Grün und Weiß mischte sich, auf Lüften sinkend, aus Wassern steigend, geheimnisvoll im Schnee saugend und strahlend wie eine Flamme, das tiefe, flutende Blau, heiß lodernd an den Wiesen, in den wogenden und stillen Bäumen, schließlich gewaltig brennend im brausenden Rad der Sonne. Und so wenig ein Mensch sich gestern oder ehegestern solche Heiterkeit des Himmels hätte vorstellen können, im triefenden Grau, im feuchten Grün der Regentage, so wenig konnte er heute, im makellosen Glanz der großen Farben die Betrübnis schleppenden Gewölkes denken, und sein Herz mußte rot werden, blutrot im Grünen, im Weißen, im Blauen, im Goldenen: Leben, beglückendes Leben, zeitlos in Kraft und Jugend, Traum ohne Bewußtsein, im Lichte ewiger Sonne, im Schatten ewiger Berge!

In der großen, schweigenden Landschaft, beim hämmernden Takt seiner greifenden, raschen Schritte, im Pulsen der kräftigen Bewegung wurde der Wanderer froh. Der schwere Tritt im Nagelschuh, ihm schien er tänzerleicht, die Last des Rucksacks spürte er kaum, er ging das Sträßlein entlang, oder im weichen Moorboden daneben, Gatter auf und Gatter zu, über eine zitternde

Brücke, an tiefgrünen Gumpen hin und kieselheller Strömung, an Sumpfgräben vorbei, schillernden, eisenrostigen, weichschwarzen Wassers voll, wieder waren Pferde da, im Morast watend, zwischen wehenden Feldern seidigen Wollgrases, zwei, drei, eine ganze Koppel junger Tiere und weiter hinten, die Berglehnen hinauf, Weidevieh und lustig läutende Geißen.

Schwarze, mit Tännlingen wie mit grünen Wimpeln besetzte Steintrümmer lagen über die Hänge verstreut, dann schoben sich Streifen Waldes herein, an geröllschiebenden Wildbächen entlang und durch die Stämme und Wipfel der Fichten sahen nun, schärfer zum Bilde gefaßt, die weißbrennenden Flächen und finsteren Türme der Gebirgsstökke großartiger herein.

Jetzt schnitt der Ziehweg, wie eines Pfluges Furche, schräg in die Halde hinein. Lärchen stiegen vereinzelt aus dem dichteren Waldgürtel herab und breitästige Tannen, moosbärtige Zirben, mit tiefhängendem, schirmendem Gezweig, standen schlangenwurzlig über dem Geklüfte uralten Felssturzes. Wasser schoß aus unvernarbter Erde, Wasser rieselte aus dem Moos, Wasser gluckste und rann, plätscherte und triefte, zerflutete das steinige Sträßlein, hüpfte zu Bächen zusammen, stand klar in Tümpeln und Trögen, stürzte in mächtigen Fällen über die Rampen der Felsen, nah entsprungen und weit vom Eise herab, ewiges Wasser, Nährerin der Heimat, Bewegerin der Welt, hier waren seine unversiegbaren Quellen, hier wölbte sich die Wohnung seiner Götter. Grüngrünes Tal, dies waren die brausenden Brunnen seines Gärtners.

Noch schoben sich, bei Zwergwacholder, winziger Weide und Rauschbeerengebüsch, zerfetzte Wetterfichten an schroff niederbrechende Klüfte hin, dann lag, an einem einzig schönen Platz, die untere Durcheck-Alm in einer weiten, doppelt grünen Mulde. Ungangbar schien hier der Weg im tiefen, quellenden Lehm und Kot, das grüne Feuer hoher Nesseln säumte den zertrampelten Brei aus Wasser, Erde und Mist, und der fette, übersaure Boden war bedeckt von mannshoher faltblättriger Hammerwurz und dürrstengeligem, lappenblättrigem, rostfleckigem Ampfer, einer wuchernden Wildnis. Am Saum des Weges über festere Wasen und gelegte Knüppel tänzelnd, erreichte der Bergsteiger die Alm, wo ihn allsogleich eine Schar übermütiger junger Geißlein stürmisch begrüßte, an ihm emporsteigend, ja, auf die Füße ihm tretend, schleckend und knabbernd, stoßend und drängend in unstillbarer Neugierde. Mit Mühe erwehrte er sich der munteren Tiere.

Die Alm, balkengefügt, war vom Wetter zu tiefer, samtener Bräune gebeizt, silbergrau glänzte das Schindeldach. Die Tür zum Wohnraum war in zwei Hälften geteilt, die untere geschlossen, die obere offen wie ein Fensterladen. Im Vorbeigehen warf er einen Blick hinein. Alles war wie zu Urväters Zeiten, die mit Steinen umlegte Feuerstelle, wo am mächtigen Schwenkbalken im eisernen Haken der rußschwarze Kessel hing, von innen leuchtend wie schieres Gold aus der rauchigen Finsternis. Durch eine Tür sah er in die Milchkammer. An den Borden standen Schüsseln und Eimer, Schäffer und Schöpfen, Gatzen und Kellen, Siebe und Seiher, ein Geschirrbrett hing hinterm Herd, bunte, zerwaschene Fetzen baumelten an Stangen, der Fußboden war aus zerschlissenen Brettern gefügt, darin die Äste glänzten. Alles war von einer wunderlichen, schmutzigen Sauberkeit.

Der Raum hatte leer geschienen, doch entdeckte der Wanderer hinter einem Schleier von Rauch ein dürres, koboldiges Männlein, das freilich auf mancherlei Anruf taub blieb, bis es von dem Angebot einer Zigarre wie von einem Zauberwort verwandelt ward, eilfertig herbeikam, aus freien Stücken ein Glas Milch holte, wobei es freilich allzu eifrig das Gefäß, das ihm nicht rein genug scheinen mochte für den Gast, mit einem Lappen wischte, dessen bedenklicher Anblick die Lust an der kühlen Labung fast vertrieben hätte.

Ob er über die Scharte wolle, fragte der Alte, unter mancherlei Hin- und Herreden. Und Wilhelm Bornkessel, obgleich er selber ein Altbayer war, hatte Mühe genug, den zahnlosen Raunzer und Wisperer zu verstehen, der dem wolkenlos schönen Tage zu mißtrauen schien, da, einer alten Wetterregel nach, der Regen nach so langem Verweilen sich noch einmal aufwärmte, bevor er endgültig abziehe. Was nur die jungen Leute da droben wollten im Stein und Eis, er selber trage kein Verlangen danach, ein einzigesmal sei er, vor fünfzig Jahren und mehr, auf den Hochklaffer gestiegen mit ein paar Kameraden, und heute noch grause ihm vor seiner eigenen Verwegenheit; denn so schier ungut sei es da droben gewesen in der luftigen Höhe, und einen einzigen falschen Tritt wenn er getan hätte, wäre er hinuntergereist in die jähen Winde, und von einem Geschwisterkind von ihm hätten sie nicht einmal mehr die Knochen gefunden bis auf den heutigen Tag. Fast beschwörend aber und schmeichelnd schaute der Greis, aus rötlich blinzelnden Augen, den Fremden an, gelt, auf den Klaffer steige er doch wohl nicht, der schöne junge Herr.

Nun, meinte der Gast lächelnd und reichte das

Milchglas zurück, das er ausgetrunken hatte, das sei wohl seine Absicht, und deshalb sei er ja hergereist, von der Stadt heraus; aber so schön und jung sei er ja leider nicht mehr, fünfundvierzig, da müsse man sich dranhalten, wenn man noch ins hohe Gebirg wolle.

Der Alte, der sich unter einem Fünfundvierzigjährigen einen abgerackerten Graubart vorstellen mochte, wackelte ungläubig mit dem Kopf und maß den Gast immer wieder mit mißtrauisch-verwunderten Blicken. Von den jungen Leuten, sagte er endlich verweisend, von diesen Springinkerln und Felsenhupfern, könnte man's am Ende noch begreifen, wenn sie nicht wüßten, an was sie ihren Übermut auslassen wollten; aber daß ein gestandner Mann aus freien Stücken sich die Plage auftue, das verstehe er nicht. Es brauche keiner dem Tod aus dem Weg zu gehen, aber nachlaufen müsse er ihm auch nicht.

Der schlimmere Tod, sagte Bornkessel, der komme noch immer vom Tal herauf; drum sei wohl, scherzte er, der Senn so alt geworden, weil er sich von beiden gleichweit entfernt halte; das sei also hier eine sichere Gegend.

Im Gegenteil, zwiefach unsicher, gab ihm der Alte ernsthaft heraus, denn bald hole sich der Tod vom Berg, bald der vom Tal seine Beute. Gestern erst habe sich auf der oberen Durcheckalm der Hüterbub erfallen, im Nebel, beim Viehsuchen; und der Andreas werde jetzt gleich herunterkommen, mit dem Muli, den Buben ins Dorf zu schaffen, und nach Zell hinaus, dort sei er daheim und dort werde er beerdigt, morgen. Der Bene, sagte er, sich umblickend, sei auch schon fertig, der gehe mit, und da bleibe er selber allein mit der ganzen Arbeit.

Währenddem stieg ein jüngerer Mann von der Schlafstubenleiter und trat stumm herzu. Er trug das schwarze Feiertagsgewand, die Haare hatte er sich mit Wasser glattgestrichen, sein brauner Schnurrbart steckte in einer Binde, wie sie vor einem Menschenalter üblich gewesen sein mochte. Das breite, frischrasierte Kinn und der sehnendürre Hals waren übel genug zugerichtet von einem schartigen Messer. Das knochige, entfleischte Gesicht, der dünnbehaarte Schädel, der wunderliche Blick aus dem Zwielicht der Almhütte: es war der bedrückende, quälende Spuk eines Totenkopfes. Ohne sich um den Gruß des Fremden zu kümmern, tauchte die Gestalt in das rauchige Dämmern zurück.

Rasch und unbehaglich verabschiedete sich der Gast von dem Alten, der ihm mit einer Stimme die plötzlich fahl und gespenstisch klang, nachrief, er möge schauen, daß er auf seinen zwei Füßen wieder heil bergab komme ...

Als der Wanderer gegen links hinauf sah, erblickte er das Maultier mit dem Treiber schaukelnd den steilen Pfad herzotteln; dem unheimlichen Geleite auszuweichen, ging er, doppelt eilig, weglos die grasige Halde empor. Der Tag brannte heiß und golden, mächtig war des Himmels blauer Atem, es schmolzen blinkend die Wasser von den weißen Mänteln und von den dunklen, gewaltigen Gliedern der Riesen. Ohne Frage und ohne Antwort schwiegen die steinernen Häupter, grün und warm schlugen die lautlosen Brandungen des Tales herauf. Allein und winzig war der Mensch, der da emsig stieg, steil empor, keuchend, im prallen Licht der Sonne, im weiten Bogen das Becken des Tales ausgehend, den grasgrünen Anger zwischen Fels und Eis, das blumige, breite Band, das sich hinzog unter die Mauern und Türme, zwischen denen der Eisbruch lag und der Firn, der zur Klafferscharte führte.

Allein ging der Mensch, der Bergsteiger, Doktor Wilhelm Bornkessel, aber mit einem, der allein geht, gehen viele Gedanken. Heftig und kräftig stieg er, den Schweiß wischte er sich von der Stirn, aber die Gedanken nicht. Der Tod war wieder da, wie ein Schatten hinter ihm, vor ihm. Die Begegnung in der Almhütte hatte ihn wieder geweckt in seinem Herzen, der Traum der Nacht war lebendig in ihm, hoch am Felsen schwebte die Puppe am Seil, über die Kare brauste die grauenhafte Last hinunter.

Die Wirklichkeit sollte den Traum verscheuchen: In einer Biegung des Wegs, den er wiedergewonnen hatte, spähte er zur Alm hinunter. Friedlich lag sie da, das Maultier hatte sie schon verlassen, dort schwankte es, ein schwarzer Punkt, und die zwei Männer gingen daneben, der helle Fleck, quer über den Rücken des Tieres, das war der tote Hüterbub. Was war schon dabei, ruhig ließ er sich betrachten, bald würde er verschwunden sein, waldhinunter, und morgen wurde er begraben, in Zell, ein schöner, stiller Friedhof. Vorgestern, ja, wirklich erst vorgestern war er, Wilhelm Bornkessel, im leisen Regen dort durch die Gräberreihen gewandelt, in der müßigen Stunde vor der Abfahrt des Postwagens, und wahrhaftig, hatte er sich nicht gedacht, vorgestern, es müsse sich gut liegen dort unterm Holunderstrauch, im Angesicht der schweigenden Häupter, im Rauschen der Wälder?

Warum aber brannte jetzt die Flamme des Lebens so steil, warum sog sie und holte Atem so tausendfach, daß eines fremden Knaben Grab ihn schauern machte? Der Senn, der ihm hergeschaut hatte wie der leibhaftige Tod, wie lächerlich war diese Täuschung der Sinne; ein magerer, beiniger Bauernkerl war es, ein unwirscher Grobian. Schnurrig hatte er ausgesehen mit seinem zerhackten Geierhals und seiner verschollenen »Es ist erreicht«-Schnurrbartbinde. Und des Alten wunderliches Gekrächz, er möge schauen, daß er auf seinen zwei Beinen wieder zu Tal komme; zu Teufel, er würde schon aufpassen, fest stand er auf seinen beiden Füßen; und schließlich war es ja kein Wagestück mit Mauerhaken und Seilquerung, wie er's ja auch nur kannte aus Bildern und vom Hörensagen; denn nur den Berggehern durfte er sich zuzählen, nicht den Kletterern, die wie Franz Stauffer, der Freund, die Gefahr aufsuchen in ihren höchsten und letzten Schlupfwinkeln, der Kühnheit vertrauend und dem Können. Ja, wenn Stauffer ihn führte, wenn seine Zuversicht auf ihn überfloß, dann konnte auch er, Bornkessel, ein mittlerer Steiger, über sich hinauswachsen und schwierigere Gipfel angehen. Aber heute brauchte er ihn nicht, ein Jochfink war er ja nur, ein Schartenwetzer, eine, zwei heikle Stellen gab es bloß, was sollte er sich da Sorgen machen, vorher, er würde es ja nun sehen und entscheiden, bald genug.

Der Neuschnee zerging rieselnd und glucksend

auf Halm und Stein. Der Weg ging schmal und weich im Gras empor oder als steiles, wassergehöhltes, schneckengewundenes Rinnsal, schwarzerdig, silberblinkend von winzigen Stäubchen Glimmers, über kräftige Granitrücken, brüchigen Schiefer, an felsigen Stufen hin. Der Wanderer hob eifrig Fuß vor Fuß. Er ging noch, wie vor zwanzig Jahren, Latschennurmi noch immer, wenn auch hier, im Urgebirg, keine Legföhren wuchsen, sondern kurzstruppige Erlen, kriechende Weide und stachliger Zwergwacholder.

Das war das beste Heilmittel gegen die dummen Spintisierereien: fest und liebevoll die Natur betrachten, im kleinen, im einzelnen, wie sie hier sich bot, dicht am Wege, in der zaubrischen Blumenpracht dieses Sommertages, dieses einen, blühenden Tages, an dem Frühling, Sommer und Herbst zusammengewoben waren in ein kurzes, überschwengliches, glücklich verströmendes Leben. Das war es ja, was dem Menschen das Sterben so schwer macht: dieses Warten auf das Glück und daß es nicht kommt und statt seiner das Alter und der Tod und die Ahnung, nun sei es vorbei für immer. Auf der Höhe eines großen Glückes, im Jubel siegreicher Fahnen, im süßen Schwall der Liebe, wie leicht flöge das Leben dahin.

Nun verbot sich der Wanderer aber ernstlich,

immer wieder abzuschweifen in die Gefilde des Todes, hier, angesichts des Blumenangers, des hold lebendigen. Vom weißen, wilden Speik brach er ein paar Blättchen, zerrieb das gefiederte, wollige Grün in der Hand und sog den würzigen Duft in seine schwer arbeitenden Lungen. Warum rannte er so? Lief er dem Tod davon oder fieberte er so der Entscheidung entgegen, dort oben, an der Randkluft, an der Scharte, am Drachengrat?

Ja, zum Henker, hörten denn diese lästigen, diese blödsinnigen Gaukeleien nicht auf, waren sie denn um ihn wie Fliegengeschmeiß? Er hieb zornig in die leere Luft. Er stieg weiter, mit stummem, wütendem Eifer. Es glühte in ihm, es gleißte um ihn. Die Schultern taten ihm weh, der Rucksack hatte sein Gewicht; das Blut pochte ihm in den Schläfen, längst hatte er den Mund offen, schwer schnaufend. Er schaute bergauf, dort grenzte ein Mäuerchen das letzte volle Almengrün gegen die steinerne Welt ab; dort war eine Kanzel, vorspringend in das starre, naßblitzende Plattengefäll; dort gedachte er zu rasten, vielleicht – setzte er listig zögernd hinzu, mit schon zitternden Knien über hohe Treppen zerworfnen Gesteins klimmend. Er stieg, stand oben an dem grasigen Söller, warf einen Blick zurück und einen nach vorn und tat, nur leicht den Rucksack lüpfend, entschlossen den nächsten Schritt, den Weg wieder aufzunehmen: So habe er denn, frohlockte er, den alten Adam übertölpelt und um sein Paradieschen geprellt – weiter müsse er, dort hinauf, wo schon der Schnee herschwimme und wo, unausweichbar, die Entscheidung des Tages ihn erwarte.

Ein Vogel flog auf, nah und knatternd, wie höhnisches Gelächter klang sein Ruf. Der Bergsteiger, erschreckt, spürte sein Herz im Halse schlagen. Sein Blut brauste, Funkeln und Finsternis war vor seinen Augen, eine beklemmende Angst grub in seiner Brust, Hitze überflog ihn, die Erde schwankte unter ihm weg – noch konnte er in einem feurigen Zucken wirrer Gedanken die Erkenntnis fassen, daß er sich zuviel zugemutet, daß er den alten Adam nicht übertölpelt habe. Dann griff es nach ihm, brausend, in wehen Wirbeln sog ihn ein Sturm schwarz in sein Innerstes hinab, trieb ihn eine purpurne Flut reißend hoch: Ob das, fragte er sich, auf den Knien keuchend vornübertaumelnd, der Tod sein solle, jetzt schon? Und über der wilden Wehmut jagten die Blitze scharfen, klaren Gespötts: nicht mehr auf seinen zwei Füßen ins Tal, umsonst vergeblich den schweren Rucksack bis hier heraufgeschleppt, prachtvoller Platz für ein Marterl: Doktor juris Wilhelm Bornkessel, Wandrer geh nicht vorbei ... vorbei – Das

Wort kreiste in seinem Hirn, dann sah er wieder klar, kurz und vorsichtig schnaufte er.

Vorbei – sagte er halblaut vor sich hin, inbrünstig. Er war wieder da, er stieg an die Oberfläche seiner selbst. Das Herz rumpelte noch gewaltig, aber jetzt holte er tief Atem, süß und voll war der Trunk himmlischer Lüfte, den er tat. Er setzte sich ins Gras, er schlüpfte aus den Tragriemen des Rucksacks, lächelte. In lauter Blumen saß er. Still war es, ungeheuer, sausend, saugend still. Weit wogte, drunten und draußen, in steinernen Trögen, in grasigen Matten, in Wäldergürteln, in Wiesenbreiten das grüne, blau überhauchte, julibrausende Klaffertal. Der Tod war es noch nicht gewesen, ein Schwächeanfall. Kein Wunder bei dieser hirnrissigen Rennerei, mit fünfundvierzig, vom Schreibtisch weg, laufen wie ein gestutzter Hund, das kann man nicht, das heißt, man kann es schon, aber dann haut es einen hin.

Er legte sich wohlig der Länge nach in das weiche Gras und blinzelte in die Sonne. Wieder einmal gestorben, dachte er, und nicht tot. Jetzt wäre es schon überstanden und eigentlich, so schlimm wäre es nicht gewesen. War es damals schwerer, vor dem Leben, 1914, im nassen, pulverbitteren Wald vor Ypern? Es ist ja nicht wahr, daß einer nur einmal stirbt – man muß die Haupt- und Generalproben mitzählen. Im Grunde hätte ich's nobel bestanden, diesmal. Wer weiß, wie schlecht man sich dabei benehmen kann: Sterb' Er anständig!

Der Träumer im Gras spann leise vor sich hin: Stirb und werde, je nun, er war wieder geworden, pfui des Gewitzels, am Busen der Natur, ja, was war denn in ihn gefahren, nichts wie Albernheiten fielen ihm ein. Er machte die Augen auf: Eine Bergaster stand dicht an seiner Schläfe, den fliederfarbenen Kranz der Blütenzungen lodernd um die goldene Scheibe. Unweit hob sich noch ein ganzer Büschel aus dem Gras, kleine, bunte Sonnen, der einen, großen Sonne zugewandt. So hätten sie ihn umblüht, besann er sich in jähem Ernst. Innig bedachte er das und schaudernd zugleich, so hätten sie seinen toten Leib bewacht, während die Seele schon dahinfuhr – und wieder stieß ihn der Bock – in der Blüte seiner Sünden.

Es half alles nicht, ein Gelächter wollte heraus, ein schallendes, ein ungeheures Gelächter, daß er lebte, daß er da im Grase saß, wieder ruhig schlagenden Herzens, die Lungen voller Luft und mit kräftigen Beinen, die ihn über die Klafferscharte tragen würden, jetzt gleich, und auf den Hochklaffer, morgen und wieder ins Tal hinunter. Kein Maultier mußte kommen und keine Männer mit Seilen und – aber nun graute ihm doch, als sein

Lachen von den Wänden zurücksprang, ihm mitten ins Herz.

Fromm wollte er sein, und den Blumen wandte er sich zu, als könnten sie ihn dem Himmel versöhnen. Weiß und gelb strahlende Gemswurz schaute ihn an, die lavendelblaue, rauhhaarige Glockenblume, sanft blickend, wie ein liebendes Gemüt, das sich bekümmert, daß der Schweifende, zu dem es auflächelt, nicht glauben will an den lieben Gott und an den süßen Himmel der Unschuld. Wilhelm Bornkessel kniete im Grase, das weich und prall hier sich nährte im Schutz eines steinernen Mäuerchens, jenseits begann die wüste Welt der Felsen und des zerworfenen Schuttes. Steinbrech, zarte, weiß- und rosenfarbene Blütenstengel aus saftgrünen Polstern, starkgelber Pippau und safrantiefe Pinsel von Habichtskraut wuchsen da, Wildfräuleinskraut und dazwischen, duftend, schwarzbraun und weinrot, das Blutröserl, das tausendnamige, ach wie oft gesuchte, holde Erinnerung wahrend an verschollene Knabentage in all den Bergen ringsum, jubelnd begrüßte Lieblingsblume von unnennbaren glücklichen Tagen, blauflatternden, grünseligen, rotglühenden Quelltagen des Lebens.

Und andere Blumen waren noch da, in dem Gärtchen, das die Natur selber geschaffen, Sterne und Teller, Rispen und nickende Ähren, er wußte sie nicht mit Namen zu nennen, aber sie tönten mit, sie jubelten, die kleinen, ungenannten, im Lobgesang Gottes, winzige Stimmlein im mächtigen Braus dieser urgewaltigen Landschaft, die freudig klang vom Werden, dröhnend schrie vom Vergehen, und darin nun auch des Menschen Herz mitschwang in Liebe, in Furcht und Anbetung.

Eine Handvoll der Blüten hatte er gebrochen, wie unbewußt, er tat es nie sonst, schon lange nicht mehr, aber nun hielt er sie, unschlüssig, ob er sie mitnehmen sollte. Nein, er nahm sie nicht mit. Wo er gelegen, wo er in die Knie gesunken war, vermeinend, sterben zu müssen, dort streute er sie hin, Flocke und Flaum, Auge und Stern, Raute und Glocke, als ein Weiheopfer, unwissend, welchem Gotte, aber quellender Ahnung voll.

Er war nun wieder ganz frisch geworden. Er nahm sein Gepäck auf und verhielt noch ein Weilchen, ins Tal zurückschauend und vorwärts, in die aufgetürmte Öde, in die hangenden Nester des Eises, auf die blitzenden, unbeschriebenen, geheimen Wortes wartenden Tafeln des Schnees. Sein Auge war wieder klar und scharf, und es war des Adlers Blick überm Abgrund, mit dem er die Welt maß, die große, die so klein sein konnte.

Ach, der Strom des Lebens war nicht so breit, wie es dem scheinen mochte, der ihn befuhr. So also hätte sein Dasein ausgesehen, vorbei wäre es gewesen und abgeschlossen, zu einem Nichts zusammengeschrumpft die Jahre, ausgelöscht Freuden und Leiden, unversehens bestanden die große Prüfung – wer weiß, wann und wie sie nun noch zu bestehen war, in dieser grausamen Zeit, darin einer des schrecklichen Endes konnte gegenwärtig sein.

Die eifrige Kraft des Steigens, wie der Wanderer jetzt seinen Weg wieder aufnahm, zerriß die trüben Gedanken. Der Pfad, im Gewirr dicht starrender Blöcke und im beschwerlichen Geschiebe naß funkelnder Platten, von denen der letzte, wäßrig gewordene Neuschnee schmolz, mündete jetzt, zwischen jäh flankenden Türmen, in ein Tor finsteren, kaltatmenden Schweigens. Die Sonne war von der Mauer des schwarzen, sperrenden Bollwerks verstellt, ihr Licht fiel noch auf den grünen Anger, drunten zur Rechten, wo die Kolberger Hütte stand, mit geschlossenen Fensterläden, silbergrauen Daches, wie verwelkt.

Dann schwanden Hütte und Tal, das weite, grüne Klaffertal hinter den Wällen von graugrünem, schwarzem und rötlichem Schutt, den der Gletscher weit vorgetrieben hatte bis an die Rampe des

Troges, darin er lag, schlafend jetzt, aber stöhnend und berstend oft in Föhnnächten und Frösten, krachend und sich bäumend im Urtraum verschollener Jahrhunderttausende, mit gewaltigen Rucken zerpressend die eigene, schwer schnaufende Brust. Schatten war hier, beklemmender, fahler Schatten im drohenden Zusammentritt der Klötze und Zakken. Bis ans heiße, schlagende Herz hauchte die kalte Stille. Ein Bannkreis der Feindseligkeit mußte durchschritten werden.

Nahe aber waren die wunderlichen, wild übereinandergeworfenen Gebilde des Trümmerfeldes; vor Jahrtausenden oder gestern erst waren die Felsen herabgeschleudert worden, von den zerrissenen Graten und Scheiteln, über die Gesimse heruntergekollert, schwirrend, pfeifend, zersplitternd, aus frostgesprengten Rissen gestoßen, im mahlenden, bleichen Strom des Gerölls hergeschwommen, bröckelnd und bröselnd; von Moos überwachsen, grün von Flechten leuchtend, einem fast weißen, glimmernden Grün, schwarz, wie von Tusche überflossen, die alten, die jahrhundertalten, und darüber, hell und schartig, die frischen Brüche, wie von Hämmern zerschlagen, scharfkantig, in Platten zerspalten, aufblätternd wie Papier, zu Rauten aufgeteilt, als Bänke und Tische sonderbar aufgestellt, zu Treppen geschichtet wie von

Menschenhand, ja, wie Türstücke über Höhlen gelegt, daraus es kalt blickte von modrigem Wasser.

Einer zerstörten Stadt glich die Steinwüste, durch die der Wanderer schritt. Kühn aufeinandergestellt, waghalsige Kunststücke der Natur, hoben sich die glatten Blöcke. Eines Menschen Tritt, eines Windes Stoß konnte ihr schwankes Gleichgewicht stürzen. Zu Scherben zerschellt, zu einem genauen Satz flacher Schalen zerfallen, lagen sie, wie das Gerippe scheußlichen Drachengetiers. Wie ausgebrochene Zähne waren sie hingestreut. Dann wieder staken Pfeiler, messerscharf im Schutt, alter Sage verschollene Schwerter, Schilde und Beile, und daneben streckten sich, wie von Händen behauen, die Särge, die mächtigen Hünengräber toter Helden der Vorzeit. Die Säulentrommeln riesiger Tempel waren umhergewälzt, und da und dort ragte ein geklemmter Block, ein steinerner, klar geformter Balken schräg aus dem Geschiebe, als hätten Götter hier gebaut und in toller Laune, des Spielens müde, alles wieder über den Haufen geworfen.

Noch wucherte verkrüppelte Erle und rostiges Alpenrosengebüsch dazwischen. Da und dort schimmerte noch, spät im Jahr, eine rote Blüte; weiß und rosig, wie der Maienblust von Apfelbäumen, wuchs Gletscherhahnenfuß im Gesteinsschutt und auf dürftiger Grasnarbe. Dann gluckste weißes, wesenloses Wasser in den weitläufigen Irrgängen der Felsen. Und jetzt, wieder im vollen Licht der Sonne, die aus den Zinnen des Grates getreten war, blinkte unter den kühnen Stufen und weit hinaushängenden Klippen eine glitzernde Gumpe her, unbewegt, grell spiegelnd im schrägen Blick, aber tot und überklar dem hinabtauchenden Auge, in Spalten gähnend, bis grün und eisblau die Tiefe heraufschimmerte.

Drüben, in nackten, ausgewaschenen Trögen abgeschliffnen Gesteins, sickerte Schmelzwasser durch tropfende Inseln neuen Schnees, wie er auch während des letzten Wegstückes in Streifen über dem Kar gelegen war oder an den Nordseiten der Blöcke sich gehalten hatte. Weiter droben aber lag prall, über den Rand der weiten Wanne quellend, das Eis des Salburger Keeses, von frischem Weiß überzogen. Der Ferner jedoch, steil zwischen den verwitterten Pfahlmauern, die ihn zu beiden Seiten wie lautlose Orgeln begleiteten, stieg bis zur Klafferscharte empor.

Hier erwartete den Bergsteiger die erste der drei heiklen Stellen, vor denen ihm so bange gewesen war. Er mußte – und Kratzspuren im Gestein gaben ihm die Gewißheit – unterhalb des Gletscherabbruches nach rechts empor auf einen Felsenwulst und von hier aus über eine mehr oder minder breite Randkluft auf den Firn hinüber.

Gern hätte der Einsame einen Begleiter gehabt, er dachte an Franz, der nicht hatte dabei sein können, an Sola, die hier vor zwanzig Jahren mit ihm herabgekommen war. Es mußte damals gesprungen werden, und zwar über einen beträchtlichen Spalt schräg aufwärts, vom eingesunkenen, glattrandigen Eis auf den Felsen, und beinahe wäre Sola gestrauchelt, mit hastiger Kraft hatte er sie hochgezogen, mit dem Seil, am Buge der Klippe. Und sie hatten viel gelacht und geredet, hernach. Übereifrig hatten sie geredet, um den Schrecken zu betäuben, der sie ergriffen hatte, rückwirkend, auf dem sicheren Grunde.

Jetzt hatte Wilhelm Bornkessel niemanden, mit dem er hätte sprechen können. So sprach er, während er die Steigeisen anschnallte, mit sich selber. Nichts Ernsthaftes sprach er, dummes Zeug, nur um seine Stimme zu hören. Als er indes auf die Felsenschulter getreten war, sah er mit Erstaunen, daß er sich umsonst Anstände gemacht hatte: Dicht schmiegte sich der Firn an den Stein, eine sichere Brücke führte hinüber, glatt und spaltenlos zog sich das weiße Feld empor. Der kühle Sommer hatte den Schnee nicht ausgeapert, leicht war zu beschreiten, was in andern, heißen Jahren nicht ungefährlich war.

Gleichwohl trat er vorsichtig auf, und als die Decke nun doch mit einem wunderlichen Grunzen, das den Bergsteiger warnt, leicht schwankend sich setzte, griff ihn eine jähe Angst an den Hals, er könnte doch dem lauernden Würger in die Sense getreten sein. Aber es blieb nachdem still, heiß und blendend still. Er ging, Fuß vor Fuß, das flimmernde, grelle, schmelzende Feld hinauf. Der Schnee trug nicht mehr recht um die späte Mittagsstunde, es war ein mühsames Gehen, oft brach er zwei-, dreimal bis zum Knie, bis zur Leibesmitte ein. Der neue Schnee klebte, in harschigen Inseln war er an den Altschnee gebacken, das körnige Geriesel des Firns klingelte leise, schwer rauschte es von seinen Tritten weg.

Eine elende Schinderei war es, das mußte er sich zugeben, und er sagte es, oft und laut in vielen kräftigen Redensarten. Der Firnhatscher verdroß ihn, es war eine schwere Arbeit, eintönig ging es bergauf. Er stieg und stieg, den Klapphornvers von den zwei Knaben auf dem Gletscher summte er keuchend; ja, wenn es nur zwei Knaben gewesen wären, dachte er, seinetwegen auch ein Mädchen, aber allein, tutto solo, weiß Gott, der Alte auf der Alm hatte recht, warum stieg einer, der schon ein gestandner Mann war, in die hohen Gebirge? Er glühte, der Schweiß rann ihm aus dem Haar, unterm Hut vor, in beizenden Bächen in die Augen. Schweiß und Hitze saßen ihm in klebrigen Nestern am ganzen Leib, es prickelte und juckte ihn, die Hände liefen dick und rot an. Die Brille war trüb beschlagen, die dunkelglasige, aber wenn er sie abnahm, war es noch schlimmer, schmetternd war dann das Weiß.

Ja, das war der Tag in C-dur, wie er ihn ersehnt hatte, der Schnee schrillte wie tausend Geigen, die einen Ton halten, einen einzigen Ton. Der Himmel aber, der tiefblaue Himmel, flutete die Weise, loderte den Gesang.

Der Wanderer blieb stehen, hob den Kopf, spähte und lauschte. Er hatte nun fast die Höhe der Scharte erreicht, es war ihm nicht mehr ernst mit dem Schelten über die Mühsal des Aufstiegs. Noch war ein Hang von bedrohlicher Steilheit zu queren. Er verschnaufte, zog die Gurten der Steigeisen fester. Unter Schollen abblätternden Schnees zeigte sich das gläserne, blasige Eis, ja, mitunter brach auch, an dünnen Stellen, der Panzer in klirrenden Platten weg, und der Zackenzahn des wohlbewehrten Schuhs biß in den harten Stein.

Dann stand er auf dem breiten Rücken der Klafferscharte, die in diesem schneereich gebliebenen

Sommer mit einer Wächte, die der Sturm der letzten Tage zu neuer Stärke mochte geblasen haben, hinaushing in die blau und golden duftende, wie auf Adlerschwingen herschwebende Welt der warm wogenden Gipfel. Noch verstellte der hohe, silbergehämmerte Rand der Wächte den Einblick in die nahen Täler, und nur mit Vorsicht machte der Bergsteiger eine sichere Stelle auf der Brüstung aus, ehe er, bei abgelegtem Gepäck freier atmend, zum zweitenmal das Gesicht hob gegen das unfaßbare Antlitz der Berge.

Dicht vor ihm zur Rechten, über den Abgrund weg, stieg aus bleichen Strömen von Schutt, aus Blütenfeldern von Schnee, aus blankem Geschirr des Eises der feierliche Doppelturm des Hochklaffers: die Spitze vergleichbar einer uralten, schwarzgrün verwitterten Schere eines Riesenkrebses. Eis stieg in schroffen Rinnen empor, Eis stürzte in hängenden Wulsten herab, Eis stand in breiten, hingelagerten Barren zwischen dem Fels, still, aber so verhalten mächtig, als könne es krachend den Stein zersprengen, mit einem einzigen, berstenden Ruck der gefesselten Schultern.

Näher noch, in der Senke des Tales, spannte sich in der abgeschliffenen Wanne des Steins der mächtige Rücken des Grundeises, in bläuliche Spalten zerklüftet. Zäh und träge, ein erstarrter Brei, wälzte er sich, in wüstem Geschlinge hangend, die abbrechenden Stufen hinab. In fahlem Grün glatten und verwüsteten Serpentingesteins verdeckten die unzugänglich aufgebauten Wände nächster Gebirge den blendenden Kamm des Hauptstockes. Von links her aber, aus dem Südosten, über die flacheren Firste silbernen Schneegetäfels her, schauten die fernen, duftenden Gipfel herein, leicht aufstrahlend wie unter milderem Himmel, aber auch sie, so leicht sie zu heben sich schienen, unterm Löwengebrüll der Sonne, die ungeheuer hing, brennend über der furchtbaren Landschaft. Nur von ganz links her, aus der Tiefe, stieg an den Gürtel des Eises der würzige Strauß der Wälder, wogte der grüne Faltenwurf lebendigen, quellenreichen Gewandes an die ewige Erstarrung der steinernen Welt.

Eine tiefe Unrast hatte, bei aller Andacht des Schauens, den Wanderer nicht verlassen wollen. Jetzt regte sie sich stärker und stärker: noch stand ihm das entscheidende Stück Weges bevor, der Abstieg von der Wächte und der Übergang zum Drachengrat, der sich unten, halbrechts, hinzog, wirklich anzuschauen wie ein stachelkämmiges Untier, das sich plump sonnte im prallen Licht, mit langem, graugrünem Schweif hinunterpeitschend in das Schneefeld.

Es ließ dem Bergsteiger keine Ruhe, hier oben zu rasten; in einer halben Stunde wollte er es tun, hundert Meter tiefer, auf dem Rücken des Drachen, zwischen Edelweiß und Rauten vielleicht, den sichern Weg vor Augen, da ließ sich gemütlich schauen und schmausen, rauchen und ruhen. Er warf noch einen Blick zurück durch die Scharte, ins grüne Klaffertal hinaus, das zwischen den schwarzen und rötlich schimmernden, den lichtbeglänzten und veilchenschattenden Türmen der Felsen, über die ganze Kimme des Schuttwalles, den Spiegelblitz des Eiswassers hin leicht und lavendelblau hersah. Und er nahm Abschied von diesem Bild; alles andere, den Hochklaffer und die nahen, heißen Wände, das Eis drunten und die Gipfel drüben, all das Gestein unterm Feuerrad der Sonne, würde er ja auch von seinem Rastplatz aus überblicken, seliglich zwischen Gras und Blumen und den Stachel nicht mehr im Herzen, das bohrende Gefühl, rund heraus: die Angst, den Einstieg zu verfehlen, den Faden des Weges im Gewirre der Rippen und Rinnen, der Eisbrüche und Plattenfälle nicht mehr zu finden.

Schon von dem überhängenden Dache der Wächte auf das abschüssige, oben überall steile Schneefeld zu gelangen, erwies sich, als er es versuchte, nicht als so einfach, wie es geschienen hatte. Wohl fand er eine Stelle, an die ihn auch alte, verwischte Gehspuren gelockt hatten, wo die Rampe des Schnees sich weniger vorwölbte. Aber gerade hier brach das Firnfeld unten in felsige Stufen ab, und es war nicht geraten, in dem körnigen, rasch wegschwimmenden Schnee ins Gleiten zu kommen.

So blieb nur, auf die Gefahr hin, ein Stück mit hinabzubrechen, der Sprung vom Wächtenrand an einer Stelle, die nach unten zu sanfter auslief, so daß nur eine nasse, aber ungefährliche Reise im flutenden Weiß zu erwarten stand. So tat er auch; freilich hätte er hier einen Pickel brauchen können, ja, er vermißte ihn, wenn er sich's nur zugestand. Aber das alte, hochstielige Eisbeil, ein Erbstück seines Vaters aus der Kinderzeit der Bergsteigerei, hatte er doch daheim stehen lassen; mit solchen Ungetümen auszuziehen, wäre ihm allzu lächerlich vorgekommen. Bei anderen Bergfahrten hatten immer Kameraden mit ihrem Gerät ausgeholfen, und auch diesmal war ja ausgemacht worden, daß Franz, der Hauptmann, der erwartete Begleiter, Seil und Pickel mitbringe.

Er schlug also nun, nicht anders und, wie er sich selber schelten mußte, nicht weniger leichtsinnig als die Buben das Eis auf dem Weiher, mit dem Eisenschuh vorstoßend, den Rand der Wächte ein.

Es brach aber dann wirklich ein Stück mit ihm hinunter; in einem goldenen, weißen, blauen Geplätscher, unter polternden Schollen und sprühenden Funken sprang und rutschte er hin. Kollernd, klirrend, rauschend kam der Schnee in Bewegung, aber wie in einem wunderlich trockenen Wasser ruderte der Mann, und sitzend fuhr er eine kleine Strecke ab, bis sich die Massen, bei flacher werdendem Feld, gestaut hatten. Dann stand er wieder fest auf den Füßen; lachend schüttelte er einen blitzenden Regen aus seinen Kleidern. Jetzt querte er nach rechts unter der Hauptwächte durch, die als eine weiße Blume gegen den tiefblauen Himmel stand. Ein Rücken festen Gesteins hob sich aus dem gleißenden Schnee. Er betrat ihn, er erkannte die Schleifspuren vieler Eisentritte und war glücklich über die Entdeckung, die ihm verbürgte, daß er auf dem rechten Wege war. Gleichwohl betrachtete er das Gelände mit Überlegung.

Die Spuren führten von links nach rechts, aus dem Schnee und wieder in den Schnee. Von oben, aus der mächtigen Flanke des Berges, aus einer blauen Zackenmauer von Eis, fuhr eine schmale Zunge des Gletschers herab in die gestufte Felsengasse, die sich, an den Wänden und Schründen des Drachenkamms entlang, bis zu dem Geröllfeld der Teufelsmühle erstreckte. Diese Zunge, ein schmutziger Strom von Steinblöcken, zermahlenen Felsenstaub und Trümmer führendem Eis mußte überschritten werden, dann galt es, über den Rükken des Drachengrates zu steigen und von dort aus erneut die Spuren des begangenen Weges aufzusuchen.

Der Schuttstrom, der überquert werden mußte, war nicht breit; mit wenigen, sicheren Tritten dachte er, ihn hinter sich zu bringen. Aber kaum hatte er den Fuß vom gewachsenen Stein in die Rinne gesetzt, so begriff er schon, daß er trügerischem Boden sich ausgeliefert hatte. Blankes, schwarzes, blasiges Eis war sein Grund. In einem zähen, knöcheltiefen Schlamm, der wie Mauermörtel sich anließ, war große Vorsicht geboten. Jeder Tritt konnte die gleitenden, oft in gefährlicher Kippe übereinandergeschobenen Blöcke zum Einsturz bringen. Wie Beile so scharf waren Kanten des frisch geborstenen Steins, unversehens schlugen sie nach dem Fuß des Wanderers. Endlich begann gar die ganze Masse in mahlende, treibende Bewegung zu geraten. Knatternd dröhnte der Steinschlag herauf aus der Gasse, in die, immer rascher, der wogende Fluß des breiigen, scharrenden Geschiebes sich drängte. Und dem Bergsteiger, wollte er nicht mit abgetrieben werden und über die Stufe hinausgeworfen, blieb nichts, als eilig, mit äußerster Anstrengung, scharfen Auges und festen Fußes, zu springen und zu waten, breitbeinig, um sich nicht die scharfen Zähne der Steigeisen an die Knöchel zu schlagen, klopfenden Herzens, von wankenden Blöcken bedroht, vom zähen Mörtel festgehalten, am blanken Eise gleitend. Aufatmend schwang er sich drüben auf einen Bord gewachsenen Felsens, krallte die Hände an einen Block, während hinter ihm, unter ihm, ja über ihm die schwanke, zähflüssige, übers Eis schlitternde Masse rascher und rasender zu gurgeln, zu stoßen, zu arbeiten begann, um in einem rauschenden, schmetternden Sturz sich aus der Runse zu ergießen, mit pfeifendem Jaulen der schlagenden, hüpfenden, kreischenden, zerspringenden Steine, im wilden Widerhall von allen Wänden des aufgeschreckten Talkessels.

An den schattenkalten Block gepreßt, lauschte der Wanderer auf das wütende Gewitter, bis es mit einem letzten Rollen und Rieseln verstummt war und das große, siedende Schweigen wieder ruhig atmete über heißem Fels und schmelzendem Schnee. Wiederum, dachte er, zitternd noch, dem Tod in die Sense getreten, aber zum letztenmal. Denn hier stand er, am Fuß des Drachengrates, über den der Weg ging, ein Stück oberhalb vermutlich. Ein gemütlicher Weg von nun an, bald auf den Pfad stoßend, den viel begangenen, über das Hallerkees, von wo aus die Hallerhütte in vier Stunden zu erreichen war, über das Niederjoch, keine große Leistung mehr für heute, für einen fast noch vollen Sommernachmittag.

Den Schuttstrom, jedenfalls, hatte er hinter sich, den tückischen, der ihm den Rückweg abschnitt. Denn wie wollte er wieder an seinen Ausgangspunkt gelangen, von hier unten aus? Mit dem Schotter war er herabgewatet, im Gefälle, viel zu tief war er geraten, in die verdammte Gasse hinein; aber aufwärts, gegen die Strömung – das war nicht zu bewältigen, auch wenn er's hätte wagen wollen, vermessen, wunderbar gerettet. Je mehr er zu sich selber kam, aus der Betäubung des Schreckens, um so schaudernder, auftauenden Gemütes, ermaß er die überstandene Gefahr. Wieder besann er sich, und kalt griff nach seinem sich regenden Herzen die würgende, die eisige Hand, spielerisch, grausam quälend, ihm zeigend, wie sie hätte greifen können, unerbittlich: daß er nun tot schon läge, zerrissener Glieder, gesteinigt, drunten; nicht, wie drüben, im grünen Klaffertal, auf Blumenwiesen gebettet, rasch hingerafft, den schönsten Tod gestorben, den die Alten schon priesen, den unerwartetsten; nein, dahinfahrend, im schrillen, atemgepreßten, herzzermalmenden Entsetzen, wimmernd, unter den Hieben der schnarrenden Felstrümmer, hinausgeschleudert, auf den Schutthaufen geworfen, ein blutiger Klumpen und vielleicht noch nicht tot, noch immer nicht tot, kein Mensch mehr, ein winselnder Schmerz, eine gräßliche einsame Angst, ein Nichts, ein Aas schon, von den ungeheuren Bergen umstanden, von ihrem Schweigen zugesiegelt, Herz, das nicht mehr Herz, Lippe, die nicht mehr Lippe war.

Das Leben, tausendfach geweckt von rufenden Ängsten und blinkenden Wahngebilden, warf sich wild gegen den Tod. Es schrie in ihm, daß er ja noch lebe, noch da sei, seiner Seele mächtig und seines Leibes, entronnen der Gefahr, schön noch und unentstellt, da die braune Hand, wohl und weich im Schuh der Fuß, adlerklar, Sonne zu Sonne, der schweifende Blick. Und er bezwang eine Wehmut, die sich selbst beweinen wollte, und faßte kräftige Entschlüsse. Tapferkeit sei die Flucht nach vorne, sagte er zu sich selber.

Hinaus mußte er auf den Rücken des Grates. Ein grasiges Band führte schräg nach abwärts, doch schien es sich in die sperrende Mauer hineinzuziehen, bis an eine Rinne, die in nicht allzusteilen, griffigen Stufen nach aufwärts ging. Als aber der Bergsteiger sich bis zu dieser Stelle vorgearbeitet hatte, mußte er sehen, daß das tragende Band sich in glatten Abbrüchen verlor, ehe es die Stufen erreichte. Allerdings hatte die Rinne, die dazwischen sich hinabzog, wenige Meter unter seinem Stand eine feste, mit weichem Gesteinsschutt ausgefüllte Sohle. Wenn er sich, halb springend, halb an der Wand hingleitend, hinunterließ, gelangte er an den Fuß der aus getürmten und verkeilten Blöcken, aus kurzgrasigen Wasen und seichten Rainen gebildeten Stufen, die sich emporzogen, so weit sein Blick reichte, und die ihn wie eine Himmelsleiter verlockten.

Er war sich darüber klar, daß er hinauf mußte, nicht weiter hinunter durfte in die immer steiler werdenden Stufen. Schon vorher, das wurde ihm jetzt bewußt, hätte er in den verdammten Schuttstrom nicht einsteigen dürfen, droben, über den Schnee, wäre der Weg gegangen. Nun hatte er kostbare Meter verloren – sollte er noch tiefer hinabsteigen?

Er ließ sich, ehe Bedenken ihn schwankend machten, in die Grube gleiten und kam auch wohlbehalten auf den Grund. Unverzüglich machte er sich an den Aufstieg. Er pfiff und summte, während er Griff um Griff prüfte und sich hochzog und stemmte, allerlei Lieder, schnurriges, krauses Zeug, wie aus verschollenen Tiefen aufsteigend, längst vergessene Worte und Weisen. Grundfröhlich war er; denn, das wurde jetzt mit jedem Schritt deutlicher, diese Rinne war keine Mausefalle, nein, sie führte ihn, so schmal sie war, auf die Höhe des Drachengrates. Zuletzt kam er auf einen schönen, grasigen Fleck, da wollte er nun Rast halten, und er warf den Rucksack hin und löste die Bänder von seinen Steigeisen.

Schon im Begriff, es sich bequem zu machen und seinen Mundvorrat auszupacken, stand er doch noch einmal auf, um sich des weiteren Weges zu vergewissern. Vorsichtig trat er an den Rand des Grasplatzes und spähte in die Tiefe. Es waren vielleicht zehn Meter, mehr nicht; aber sie fielen in drei, vier glatten Stufen senkrecht hinunter. An einen Abstieg war hier nicht zu denken. Betroffen, aber sich selber zu ruhiger Überlegung beschwörend, wandte sich der Bergsteiger der andern Seite der Plattform zu. Hier schienen die Aussichten günstiger. Eine Felswand, von mehr als doppelter Mannshöhe, darüber, vorstehend, ein geborstener, zu Balken und Pfeilern zersplitterter Block und, noch höher, wieder grasige Bänder. Wilhelm Bornkessel begann, mit Augen und Händen das Wandstück abzutasten. Er wies nicht die kleinste Nase auf, an der man hätte es greifen, nicht den seichtesten Riß, in den man Finger oder Schuh hätte zwängen können. Trotzdem, und nun schon den

Druck der Angst vom Magen her aufsteigen fühlend, versuchte er, an verschiedenen Stellen, den Durchstieg zu erspähen.

Es war doch lächerlich, diese Wand, dieses Wändchen, nicht höher als eine Gartenmauer, bis zum ersten Griff. Was Gartenmauer? Gefängnismauer war es, Zuchthausmauer; lebenslänglich verurteilt war er, keine Zelle, ein Grasfleck unter freiem Himmel, kein Verlies, aber verlaßner, preisgegebener war er als jeder Gefangne, hier konnte er – nein, nein! Er brach den Gedanken ab, er warf sich noch einmal wütend gegen den Stein. Dann ging er, mit zitternden Knien, zu seinem Rucksack zurück.

Er setzte sich nieder und betrachtete die Gegend – ruhig wieder und klar – in ihren großen Zusammenhängen. Das gewaltige Rund des Felsenkessels war unverändert vor ihm, wie er es von der Klafferscharte aus gesehen hatte. Weiß stand auch deren Wächte gegen den blauflutenden Himmel; auch der Ansatz zur Schuttrinne war, von nahen Klippen halb verdeckt, zu erblicken. Der Drachengrat, auf dem er saß, viel zu weit unten saß, wie ihm jetzt immer klarer wurde, zog sich zum Eise empor, das rechts oberhalb der Scharte grau und bläulich über die Steintröge hing. In Rampen und Bändern zog der Grat gegen Westen in die Schnee-

und Schutthalden hinein, einzig sein Grasplatz, auf dem er da saß, hing wie ein Söller, an die glatte Wand gemauert, über dem Abgrund. Keine große Sache – das war das Erbitternde – ein paar Meter, zum Teufel, und dieser verdammte, schwerfällige Leib, Stümperei, elende Stümperei, zum Schämen für einen alten Bergsteiger! Einen Berliner Fexen hätte er ausgelacht, der es ihm erzählt hätte: Verstiegen, unrettbar verstiegen an der Klafferscharte. Ihm mußte das zustoßen, der, weiß Gott, schwerere Bergfahrten hinter sich hatte.

Das war kein Zufall, der Tod stellte ihm nach, heute, den ganzen Tag schon. Bestimmung war das, unausweichbares Schicksal. Zweimal entronnen, nur um zum drittenmal, aufs gräßlichste, sehenden Auges, hinuntergestoßen zu werden, nein, schrecklicher noch, sich selber hinunterzustoßen; denn wagen mußte er den entscheidenden Schritt, wenn er nicht da heroben elend zugrunde gehen wollte.

Nun aber, unterbrach er sich, sei des Jammerns genug. Immer noch stand ihm der Rückweg offen. Er stand ihm nicht offen, sagte die Vernunft, zweimal war er ihm abgeschnitten; aber warten konnte er, bis jemand kam, heute noch, spätestens morgen, irgendwer mußte doch kommen über die Klafferscharte; aber vielleicht heute nicht und morgen auch nicht; und wenn, sollte er um Hilfe rufen, kläglich, ein paar Meter überm sichern Boden, sollte ihm wer die Alpenstange heraufreichen oder ihn mit der Rucksackschnur aufseilen? Und er stieß einen langen, kräftigen Fluch aus.

Danach fühlte er sich merklich erleichtert. Müde und hungrig war er. Daran lag es, deshalb sah er alles in so schwarzen Farben. Er packte nun doch seinen Vorrat aus, schraubte die Feldflasche auf, begann zu essen und zu trinken. Daß es doch ganz behaglich hier sei, ein wunderschönes Erdenfleckchen, redete er sich ein; aber der Bissen würgte ihn.

Er schaute hinüber auf den Hochklaffer. Nicht mehr blau war der Himmel über den Gipfeln. Nebel, aus dem klaren Nichts aufgestiegen, dampften herauf, hoch droben in Lüften war ruheloses Wandern zarter und dichter Schleier, Geschiebe ganz feiner, hauchdünner Platten Gewölks, wie treibenden Eises, bläulich und milchtrübe verblasen, aneinander sich werfend und ballend, in des Regenbogens Farben schimmernd, in Schichten verschiedener Höhe sich kreuzend und übereinander wegziehend, wie ein wohleingeübter Reigen lustiger Geister. Die Sonne brauste und brannte nicht mehr, verstummt das funkelnde Feuergebrüll über Felsenriesen und prallen Muskeln von Eis. Eine fahle, wäßrige Sonne ging droben durch den Dunst, und von nur geahntem Atem emporgerissen stiegen bleiche Nebel in Wirbeln empor, sogen kalte Dämpfe aus unsichtbaren Tiefen braune und veilchenfarbene Dämmerung. Die weite Bühne der Eishäupter, der Panzerwände, der Götterburgen war ohne Rampenlicht. Es war, als würden auch in den Hintergründen und Schiebewänden des mächtigen Schauplatzes Lampen um Lampen gelöscht, Licht und Schatten wandelnd und geheimnisvolle, halbe Farben setzend an Stelle der glühenden, Braun statt Gold, Grau statt Silber, Schwarz statt Grün, und heraufziehend mit gelben und roten Vorhängen vor den wimmelnden Duft der fernen Gipfelzelte. Dann wieder fuhr mit breiten Schwertern das flammende Licht aus dem verfinsterten Gestirn, und eine blinde Barre Eises klirrte gleißend auf, in weißen Feuern funkelnd.

Der einsam und bedrückt Sitzende verfolgte das prächtige und gefährliche Schauspiel. Die Orgeln des Lichts, in allen Stimmen gezogen, in allen Künsten gespielt, wandelten sich in seiner Brust zu Tönen eines stürmischen und traurigen Lebensliedes, und seine schweren, beklommenen Gedanken hoben sich auf die Fittiche des Gesanges. Bilder vergangener Tage wuchsen auf, in Traumkristallen gespiegelt, blühende Gärten der Kindheit und Jugend, in Schichten lockender Verführung, süßen Genusses und stolzen Abschieds verworfen in die stoßende Erschütterung der Ängste einer nahen, schlafend nahen, grausamsten Wirklichkeit. Glühend begehrte er, in einer jähen Anwandlung lustvoller Erinnerung: es möchte Sola hier sein, mit ihm eingeschlossen auf dem unzugänglichen Block wie in einem Grab der Liebe.

Dann wieder stellte er mit rasender Begierde schlichteste Freuden sich vor; am Tisch zu sitzen, roten Wein zu trinken, in der wunderbaren Geborgenheit einer Stube, er, der hier saß, preisgegeben, ausgeliefert, verurteilt und schon gerichtet – nein, gerichtet noch nicht, noch nicht.

Ihm selber war die Entscheidung überantwortet, und nun sprang er auf, aus der Träume Gespinst sich hauend mit zornigen Armen, entschlossen, nicht länger untätig hier zu verweilen, vom Gewitter lauernd umdroht. Er ging noch einmal die ganze Wand entlang, seine Erregung niederkämpfend, ruhig und sachlich prüfend. Nichts, nichts war zu entdecken, kein Griff, kein Spalt. Was half der Mut, wenn die Stelle fehlte, ihn anzusetzen.

Den Gedanken, geradeswegs nach oben steigen zu können, mußte er aufgeben. Aber genau so unmöglich war es, die senkrechte Wand unter ihm heil zu überwinden. Vielleicht aber bot sich, rechts um die Ecke, gerade dort, wo es zuerst am aussichtslosesten geschienen hatte, ein Ausweg. Er beugte sich, an der Kante, über dem Grasschrofen und spähte, vom Schwindel gedrosselt, um die Ekke. Und wirklich erblickte er dort, in gleicher Höhe, eine griffige Schrunde im Fels. Den Füßen freilich bot sich nirgends ein Halt. Erst einen Meter weiter drüben, tiefer gelegen, zeigte sich ein schmaler Standplatz. Er hätte also sich frei in die Wand werfen, mit der rechten Hand in der Schrunde verklammert, sich hinüberangeln und im Schwung auf das Gesims springen müssen, vertrauend, daß es hielt und daß er, die rechte Hand loslassend und vorschwingend, mit beiden Händen irgendwas zu greifen bekam, Gras oder Fels. Stand er sicher dort, war das Spiel gewonnen; er konnte unschwer auf den höher gelegenen Grasplatz aufsteigen, der in breitem Band an die Halde hinüberzog. Gelang es ihm nicht, so stürzte er unweigerlich zehn Meter an der lotrechten Wand hinunter.

Wilhelm Bornkessel trat wieder zurück, schaudernd, als hätte er sein offenes Grab gesehen. Er ruckte mit dem Halse, als müsse er prüfen, ob ihm der Kopf noch recht sitze. Ein häßliches Gefühl kroch ihm in die Brust herauf. Kaum aber hatte er den sicheren Boden unter den Füßen, wich der Schwindel von ihm, und er sah alles weit ungefährlicher: die Wand nicht so steil, den Griff nicht so entfernt, den Sprung nicht so gewagt. Doch wenn er sich wieder vorbeugte, den Schritt abzuschätzen, wehte ihn aus der Tiefe das Entsetzen an, und schwimmenden Auges vermeinte er, den Tod leibhaftig dort hocken zu sehen, unbeweglich, eiskalt, schweigend. Der Tod hatte Zeit, zu warten, ob der Mensch sich ihm stellte; am Rande der Ewigkeit wartete er.

Der Mensch ging an seinen Lagerplatz zurück; er nahm das schreckliche Zwiegespräch mit der Hoffnung wieder auf. Er rief die innersten Kräfte aus der eignen Brust, er gab sich den hohen Mächten der Bewährung anheim. Er gelobte sich, zu handeln, wie er es dem Gesetz in ihm selber schuldig war: mutig! Dann aber befiel ihn wieder die Verzweiflung: das war nun kein romantisches Geflunker, das war die furchtbare und zugleich so lächerliche Wahrheit. Hier saß er, auf einer Bergfahrt, zu seinem Vergnügen, aus purem Übermut, mitten im Kriege, und nicht im Kriege, auf verlorenem Posten und überhaupt nicht auf Posten, so wie Franz Stauffer etwa auf seinem Posten stand, der Hauptmann, der im Felde war und nicht bei ihm. Allein war er hier, auf einem mäßig hohen Felsenklotz, unter einem zweimal mannshohen Mäuerchen, pfui, pfui, wie erbärmlich war das. Allein, ohne Ermunterung, mußte er den Schritt tun, hinter dem Himmel und Hölle lagen, alles und nichts.

Der Bergsteiger schaute wieder in das weite Felsenrund, schaute auf den Hochklaffer hinüber, wo jetzt die Farben tiefer wurden und goldner Rauch in Säulen aufstieg. Es war ihm elend zumute, vor diesem schweigenden Tod, der nicht einmal wegen einer Übergabe verhandelte, der stumm den tollkühnen Ausfall erwartete und sonst nichts. Diesen Ausfall aber forderte er dringlicher, immer dringlicher; denn die Zeit verging hier und das Gewitter, schon im Harnisch, stieg leise klirrend, mit verhülltem Schwerte, aus den Schatten empor.

Wilhelm Bornkessel war abermals aufgestanden, den schweren Gang anzutreten. Aber wiederum, den Rucksack zurücklegend, setzte er sich, von Furcht gelähmt. Wann hatte er schon einmal diesen Geschmack im Munde gehabt, diesen zähen Rauch in der Brust, hinschwelend über dem Feuer der Tat? Vor langer, langer Zeit, als Knabe noch, als er sein Gepäck aufnahm, damals, im flandrischen Gutshof, anzutreten zum Sturm auf Ypern. Die Erinnerung an den Soldaten in ihm flößte ihm wieder Mut ein. »Nur nicht weich werden« – ein lächerlicher Spruch, der beim Barras im Schwang war, wirkte kräftig auf ihn wie ein Glas scharfen

Schnapses. Noch eine Pfeife wollte er rauchen, dachte er und holte sie aus dem Rucksack hervor, den Tabak dazu; er stopfte sie umständlich, und es beruhigte ihn, wie er sie in Brand setzte. Nur seine Hand, er mußte sich drein ergeben, sie zitterte. Schnell ist einer vor die letzte Frage gestellt, sagte er vor sich hin, und die fühllosen Steine schauen zu, was der Wurm für eine Antwort drauf weiß. Oft geprobte Frage und Antwort, in nachttiefen Gesprächen, mit Franz zusammen, unterm Mond, den klaren Fluß entlang, oft geprobt, jetzt braucht es eine gute Aufführung. Niemand schaut zu, die toten Steine nicht, einsamer Traum der Welt, der hier schläft; ungestört läßt ihn mein Schicksal.

Als der Bergsteiger den Tabak in die Tasche des Rucksacks bergen wollte, geriet er an die Zeitung, die er heute morgen – heute morgen erst? ja, heute morgen – eingesteckt hatte. Sie hatte etwas so Tolles jetzt, eine Zeitung, die sich anbot zum Lesen, in diesem Augenblick, daß er sie nahm, mit grausamem Humor eingehend auf den launischen Scherz, und sie entfaltete, willkürlich eine Seite aufblätterte. Noch besser, hohnlachte er, eine liebliche Weissagung, vortrefflich für Abergläubische: die Todesanzeigen hatte er aufgeschlagen. So also würde da sein Name gedruckt stehen ... Doktor Wilhelm Bornkessel, in seinen geliebten Bergen ... romantische Verlogenheit, in den fremden, furchtbaren, in den gehaßten Bergen! Nie wieder, wenn es heute noch einmal gut ging, nie wieder würde er – halt, nichts verschwören! – unter quellenden Tränen eines ungeheuren Mitleids mit sich selbst lächelte er.

Aber was stand da? Stand da in festen Buchstaben? Franz Stauffer, ja, das stand da. Und: Hauptmann und Regimentsadjutant, stand auch da und: unerwartet an Herzschlag verschieden, das stand auch da. Aber es war doch nicht möglich! Gestern abend noch hatte er ja einen Brief von ihm bekommen, da, in der Brusttasche trug er den Brief. Aber schnelleren Flügels war die Botschaft geeilt, die nun hier zu lesen war, schwer zu fassen, mit dem Herzen nicht zu begreifen, daß er tot war, Franz Stauffer tot, der Gefährte, der freundlichste der Freunde, tot also, tot . . .

In diesem Augenblick ergriff ein Windstoß die Blätter der Zeitung. Hoch in die Lüfte entführte er sie, als sollte die Kunde von des Mannes Ende nicht länger bleiben dürfen in den Händen des Freundes. Eine schwarze Beklommenheit war in der Landschaft, es huschte über den Fels wie der bläuliche Kern nach Luft jagender Flammen. Dann hieb ein Blitz quer wie eine Ader Goldes unter den Firsten ein. Ein Donner knallte kurz wie der Schlag eines gelösten Schusses, und während ferner und naher Widerhall zögernd aus den Wänden kollerte, stieß der gewölbte Atem dampfenden Sturmes grau pfeifend über die verlöschende Klafferscharte. Einige wenige Tropfen fielen, dunkel klatschend, in den heißen Stein. In der Düsternis der Felsentürme stieg eine einzelne, leichte, schwefelgelbe Wolke senkrecht auf wie die drohend gehißte Flagge eines Piratenschiffes. Wind flatterte in allen Segeln, aus dem gepeitschten Meer von Gebirge, Eis und Gewölk knarrte und knatterte es von tausend beigedrehten Kielen, schäumend zogen die Flotten rasender Gewitter gegeneinander auf. Dann war noch einmal eine hohle, ausgesogene Stille, ehe der Nebel einfiel, in Fetzen losgerissen von den schweren Schwaden, die sich über die Scharte wälzten.

Wilhelm Bornkessel nahm seinen Bergsack auf. Er trat an den Rand des Abgrunds. Franz Stauffer ist tot, dachte er, nichts sonst. Tausend Erinnerungen, Bilder, Fragen, Zweifel, zuckten hinter der starren Wand dieses einen Gedankens, daß jener tot sei, gestorben, aus, dahin für immer – nicht für immer, wenn er tot war, wußte er die Antwort, wenn er tot war, konnte er frei sein, in Lüften wohnend, über ihm, mit ihm, jetzt, ihm zur Seite.

Der Tod saß nicht mehr dort auf dem Felsen. Ein schwerer Schritt war zu tun, aber kein unmöglicher. Nebel verhüllte gnädig die Tiefe. Der Bergsteiger reckte sich, griff mit dem rechten, gesunden Arm in die Schrunde, hing sich ein, pendelte im Schwung hinüber, stand, krallte sich mit der linken, greifschwächeren Hand in einen Büschel Gras, die rechte hatte die Schrunde losgelassen, aber es war, einen Herzschlag lang, gewesen, als zerre es an ihr, als ließe eine fremde Kraft sie nicht los. Schmerz und Angst erpreßten einen kurzen, heiseren Schrei, dann fand auch die rechte Hand neuen Halt, der Mann legte, erschöpft und inbrünstig, schwer Atem ziehend, die Stirn an den Stein. Franz Stauffer war tot, aber er, Wilhelm Bornkessel, lebte! Ein Meer von Tränen brannte hinter trockenen Augen. Er spürte, wie der andere bei ihm war, der Freund, und doch, weit weg, nicht dazubehalten im wilden Wirbel der Freude, die in ihm hochstieg, Freude, daß er lebte, warmen Blutes, heiler Knochen, schlagenden Herzens, auf seinen zwei Füßen stehend, verwurzelt in sicherem Grund. Er flüsterte in die Erde hinein, den Mund am Fels, daß er lebe, er horchte, ob keine Antwort käme, ob nicht die Orgeln des Steins aufjubelten zu einer wunderbaren, tröstenden, schwingenden Musik.

Aber Stille war, eine große Stille. Sein Atem ging schwer, seine Schläfen klopften, die Erde schwieg.

Himmel und Erde schwiegen. Er beschwor sich selber, suchte einen Rausch des Glücks heraufzupressen, eine warme Welle der Wollust nach so schrecklicher Nüchternheit der Entscheidung. Aber es gelang ihm nicht, er hatte keinen Gott angerufen, ihm zu helfen; nun wollte kein Gott seinen Dank annehmen. Er hätte beten mögen, jetzt, aber er konnte nicht und spürte doch unbekannten Mächten sich anheimgeben. Sie gaben, sie nahmen. Er lebte, aber der Freund war tot.

Wilhelm Bornkessel stieg in die grasige Treppe hinauf. Edelweiß stand da, schöne, große Sterne. Einen davon brach er, das mußte erlaubt sein in dieser Stunde. Er holte den Brief aus der Tasche, den letzten Brief des Freundes, das klare Funkeln eines Sternes, der inzwischen erloschen war. Stumm, mit tausend Gedanken und keinem, legte er die weiße Blume zu dem Blatt in dem Umschlag.

Dann trat er hinaus auf das Trümmerfeld, querte über Streifen von Schnee, rot fielen drei Tropfen Blutes ins Weiße, hellrot. Das mußte von der Hand kommen; er bemerkte es erst jetzt. Eine Schramme war's am rechten Handrücken, da hatte der Tod nach ihm gefaßt; aber festhalten, hinunterstoßen hatte er ihn nicht können ...

Nicht können? fragte er schaudernd sich selbst, nicht können? Hatte er, der eitle Mensch, den

Quell der Gnade schon wieder zugeschüttet, kaum, daß er auf festem Boden stand? Vor den Menschen durfte er seines Sieges sich rühmen, wenn sie ihn nicht auslachten, den Bezwinger des Drachengrats. Ganz still wollte er sein, niemandem erzählen, daß er sich verstiegen hatte an der Klafferscharte; und vor sich selber mußte er noch viel bescheidner sein. Er war geprüft worden, zur Not hatte er bestanden, der Freund hatte ihm geholfen, eingesagt wie in einer Schulaufgabe, der tote Freund: Eine Wirklichkeit hatte die andere aufgehoben, die ungeheure Nachricht, daß jener tot sei, hatte seine tausend lebendigen Ängste betäubt, wie im Traum war er hinübergeglitten über die Schwelle des Todes.

Er spürte, wie sich der aufgerissene Spalt seiner Brust schon wieder geschlossen hatte, Schauder des offenen Grabes und Tiefe letzter Erkenntnis, die ihm jetzt, da er, ein Geretteter, dahinging, selber nicht mehr zugänglich war, ihm nie mehr, wenn nicht in den Beschwörungen aufreißender Träume, schaubar sein würde. Das Leben würde – das ahnte er schon in diesem Augenblick – den Tod wieder vertreiben aus seinem Herzen, den hohen Rang dieser einverstandenen Stunde nicht duldend.

Schräg über den wilden Anger gestürzter Blöcke

wandernd traf der Bergsteiger auf Spuren des Weges, wie er es erwartet hatte. Mit einem einzigen Schlag begann zugleich die Wucht des Gewitters sich zu entladen. Aus der schwarzen Verfinsterung des gewaltigen Felsrundes sprangen die blauen Knospen der Blitze auf und erblühten zu goldenen, weitaufleuchtenden Blumen. Donner stießen gegen Donner, die Luft roch bitter. Dann schlug schwer der Regen ins Gestein, zischende, naßschwarze Flecken zeigten den Prall der ersten, großen Tropfen an, aber gleich war alles eingehüllt in die triefenden, hämmernden, glitzernden Schwälle des stürzenden Wassers. In breiten Fächern zauberhaften Geflammes glänzten sie auf wie schmelzendes Erz, schwer hinschlagend, mit Hagel vermischt, wegspritzend, zu weißschäumenden Trichtern zusammentrudelnd, wie Nattern hinabfahrend, in Bächen, wiegenden Hauptes, wegsuchend, unheimlich schnell.

Der Regen sott jetzt im Schnee, prickelnd und brodelnd, in einem hohen, zirpenden Ton, der das Schnarchen und Rauschen überstieg. Nah und schmetternd grellte jetzt ein Blitz in den Drachengrat, splitternde Lanze, Wutgeheul, krachender Stein, mächtig schallender Donner. Luftige Geister tanzten über die Scharten herein, flatterten, es hieb wie mit Schwertern in ihren Reigen, eisklare Schilde leuchteten auf. Gesprengte Steine polterten aus schwarzen Gassen herab, riesige Blöcke zerschlugen sich, der Bergsteiger sah ihren Fall und Prall im nassen Rauch der Granitrücken und Eisfelder.

Dann war wieder nichts zu hören als das Singen des Regens im Schnee. Für einen Augenblick hob sich das Nebelhaupt des Hochklaffers aus dem Wolkenbann. Hoch in sausenden Lüften spielte die Feuerkrone des zornigen Bergkönigs, Strahlen schießend um die steinerne Stirn.

Längst war der wandernde Mann durchnäßt von den Güssen des prasselnden Regens. Er fror in den Stößen kalten Windes; die Tropfen, mit Eisnadeln durchsetzt, peinigten sein Gesicht. Schwer von Nässe waren seine Kleider; unerträglich schien der Rucksack, mit den Riemen in die Schultern schneidend. Wasser rann ihm durch den Hut, in den Hals hinunter, das zähe, vollgesogene Gewand scheuerte seine starren Glieder, die Füße patschten im nassen Schnee, weich und quellend waren die Stiefel. Fuß vor Fuß ging er über den summenden, plätschernden Ferner, brach ein, stand wieder auf. Einförmig fiel jetzt der Regen, knatterte Steinschlag und Schmelzwasser.

Er stieg auf den gespurten Weg, der vom Tal heraufkam, ging über blankgewaschenes Eis, sah in finster gurgelnde Abgründe. Gleichmütig schritt er fort, er hatte keine Gedanken mehr; er trug das warme, kleine Licht seines Lebens der sicheren Hütte zu, ohne Angst, ohne Freude. Tod und Leben hielten sich die Waage in ihm, müde war er, rauschend müde, er brauchte alle Kraft, nur um zu gehen.

Manchmal schaute des Freundes ernstes, gutes Gesicht herein und er nickte ihm zu; dann wieder klopfte der Tod mit knöchernem Finger und horchte – aber es kam keines Schreckens stürmische Antwort aus des Menschen begrabener Brust. Alles war wie ein fernes Dröhnen, unendlich weit weg, das Ziehen des Gewölks, das Trommeln des Regens. Rot und steif waren des Bergsteigers Hände, kalt war in den klatschenden Kleidern der Leib, kalt in den quietschenden Schuhen waren die Füße. Heiß war nur tief drinnen das angestrengte Getriebe, das ihn hinauftrug durch den eisigen Sturm, durch die graue, wehende Dämmerung. Das Auge erspähte den Weg, der Rücken trug die Last, die Beine bewegten sich, die Lungen pumpten, das Herz schlug.

Leise, ganz leise, aus tiefem Schlaf der Sinne heraus, hörte er das Zwiegespräch des gestorbenen Freundes mit dem Tod. In seiner eigenen Brust redeten sie, vom Leben, vom Sterben, vom Tode, von der Unsterblichkeit: und der Wanderer horchte in die flüsternden Stimmen, ob auch er, der Lauschende, eine Antwort bekäme, auf uralte und immer neue Fragen. Aber er mußte sich bescheiden mit dem tiefen, versöhnenden Klang, den er vernahm. Er hatte ja das Leben gewählt und konnte keine gültige Erkenntnis mehr erwarten.

Dann stand, unvermutet, im nassen Dampf der Wolkenfetzen, die Hütte da, als ein Ziel, als ein starker und freudiger Anruf des Lebendigen. Augenblicklich schwiegen die Stimmen in des Wanderers Brust. Er trat, über gewaltige Steinplatten hinweg, durch die windgerüttelte Tür, mitten hinein in Licht und Wärme.

Eine sanfte und fröhliche Magd nahm sich seiner an. Und jetzt erst, im holden Begreifen menschlichen Angesichts und Wortes, fiel er aus seiner Erstarrung, spürte er, wie erschöpft er war. Er hätte weinen mögen. Das Mädchen wies ihm ein Zimmer an, die Kerze brannte seliglich im hölzernen Haus. Noch war ein verzweifelter, ein freilich schon lächerlich erbitternder Kampf zu bestehen, bis der Erstarrte mit klammen, keines Zugriffs fähigen Fingern die Schuhbänder lösen, die nassen Kleider von den schlotternden Gliedern streifen konnte. Der Rucksack hatte dicht gehalten, wie wunderbar wärmte nun weiche Wolle den Leib, den geretteten, den lebendigen, den allzu geliebten Leib.

Der Ofen glühte, die Lampe summte, die Stube war voll Lärm und Rauch. Viele Bergsteiger waren heraufgekommen, vom nahen Tal her, während er allein über die Scharte gegangen war. Nun saß er am Tische, ein schweigender Gast. Brot und Wein besprach er in dankbarer Andacht. Langsam taute er auf aus frostiger Erstarrung; dunkel, von tief unten her, lösten sich die schweren Bäche des Schlafes. Auf der Spitze seiner Seele, wie Blitze flackernd, tanzte die Erinnerung; ja, schon war es Erinnerung – das Erlebnis des heutigen Tages, vermischt mit Vergänglichkeit und Vergessen. So saß er lange.

Das Unwetter hatte sich ausgetobt. Noch einmal trat der Bergsteiger vor die Hüttentür. Der späte Abendhimmel, nach Osten und Norden vom schweren, abziehenden Gewölk blau und purpurn verstellt, glänzte im Südwesten in reinen und starken Farben. Ein unbegreiflich hohes Steingebilde, die eisigen Kanten, die verschneiten Tafeln leuchtend als Kristall, von geheimnisvollem Lichte gespeist, ragte der Hochklaffer empor. Dort hinauf, so sprach zu sich selber der winzige Mensch in der fallenden Nacht unterm Scheitel der Gestirne, dort hinauf würde er morgen steigen. Morgen.

Zeitgenössische Autoren im dtv großdruck

dtv

Siegfried Lenz:
Der Mann im Strom
dtv 2500
Jäger des Spotts
dtv 2530

Heinrich Böll:
Die verlorene Ehre der Katharina Blum
dtv 2501
Nicht nur zur Weihnachtszeit
dtv 2526
Als der Krieg ausbrach
dtv 2537

Ingeborg Bachmann:
Simultan
dtv 2512
Das dreißigste Jahr
dtv 2533

Christa Wolf:
Der geteilte Himmel
dtv 2520

Gabriele Wohmann:
Sonntag bei den Kreisands
dtv 2528

Rudolf Hagelstange:
Venus im Mars
dtv 2534

Das Buch

»Alpen-Expreß« hat man ihn damals, nach dem Ersten Weltkrieg, genannt. Inzwischen ist aus dem verwegenen Bergsteiger Wilhelm Bornkessel ein honoriger promovierter Jurist geworden. Doch seine Leidenschaft ist geblieben. Im Juli 1940 beschließt er, noch einmal einen gefährlichen Aufstieg ins Hochgebirge zu wagen. Einziger Begleiter auf dem Weg durch die stille Natur und die zerklüftete Landschaft sind seine Gedanken. Während er über Granitblöcke, über Schnee- und Schutthalden klettert und dabei in fast ausweglos erscheinende Situationen gerät, bewegt vieles sein Herz...

Der Autor

Eugen Roth wurde am 24. Januar 1895 in München als Sohn des Schriftstellers Hermann Roth geboren. Im Ersten Weltkrieg erlitt er eine schwere Verwundung. Nach dem Studium (Germanistik, Geschichte und Kunstgeschichte, Dr. phil. 1922) war Eugen Roth bis 1933 als Redakteur an den ›Münchner Neuesten Nachrichten‹ tätig. Bis zu seinem Tod am 28. April 1976 lebte er als freier Schriftsteller in München. Einige Werke: ›Ein Mensch‹ 1935, ›Die Frau in der Weltgeschichte‹ 1936, ›Der Wunderdoktor‹ 1938.